Cyrille, Mitte zwanzig, arbeitet als Hebamme in einem Krankenhaus. Aber Cyrille ist mit ihrem Leben nicht so recht glücklich. Auf jeden Fall ist sie nicht so hübsch wie ihre Schwester Mascha. Und nicht so umschwärmt und sie würde sich schon freuen, wenn sich wieder einmal ein netter Mann für sie interessierte. Und wenn Cyrille sich verliebt, dann ist der Mann entweder frisch verlobt oder er ist verheiratet. Kein Mann, kein Kind. Wenn sie die schwangeren Frauen auf die Entbindung vorbereitet, setzt Cyrille ihre undurchdringliche Maske von Professionalität auf. Und dann hätte Cyrille auch gerne eine Freundin. Am Ende gelingt es ihr das Glück für Augenblicke festzuhalten.

Agnès Desarthe, 1966 in Paris geboren, lebt und arbeitet als Schriftstellerin und Übersetzerin in ihrer Heimatstadt. Zunächst machte sie sich als Kinderbuchautorin einen Namen (in der Fischer Schatzinsel sind erschienen: ›Reim für mich, dann küss ich dich!‹ Bd. 85028, ›Verliebt? Ich doch nicht!‹ Bd. 80060). Ihr Romandebüt ›Quelques minutes de bonheur absolu‹ erregte sofort Aufsehen. Im Fischer Taschenbuch Verlag liegt außerdem der Roman ›Ein Geheimnis ohne Belang‹ (Bd. 14201) vor, der mit dem angesehenen Prix Inter du Livre ausgezeichnet wurde und monatelang auf den französischen Bestsellerlisten stand.

Unsere Adresse im Internet: www-fischer-tb.de

Agnès Desarthe

Flüchtige Augenblicke des Glücks

Aus dem Französischen
von Christiane Seiler

Fischer
Taschenbuch
Verlag

Veröffentlicht im Fischer Taschenbuch Verlag GmbH,
Frankfurt am Main, Oktober 2000

Die französische Originalausgabe erschien 1993
Unter dem Titel ›Quelques minutes de bonheur absolu‹
Im Verlag Editions de L'Olivier, Paris

Gesamtherstellung: Clausen & Bosse, Leck
Printed in Germany
ISBN 3-596-14697-6

Sich verstecken ist ein Vergnügen,
nicht gefunden werden eine Katastrophe.

D.W. Winnicott

Für Geneviève

1

»Wenn ich wollte«, sagte die schwangere Frau, die der Länge nach ausgestreckt auf ihrem Bett lag, »könnte ich ganze Romane darüber schreiben.«

»Ziehen Sie bitte die Knie an«, sagte Cyrille und legte ihre Hände auf die raue Haut über den Kniescheiben. »So ist es gut. Spreizen Sie jetzt bitte etwas die Beine.«

»Ich habe Sachen gesehen«, seufzte die Liegende, »Geschichten, also mein Kopf könnte schier platzen.«

»Sie bleiben noch eine Stunde lang hier«, sagte Cyrille. »Vergessen Sie nicht langsam zu atmen. Ich werde regelmäßig nach Ihnen sehen, aber ich glaube nicht, dass vor ein Uhr morgens etwas passieren wird.«

»Sie brauchen mir nichts zu erzählen«, sagte die Frau, »es ist mein Sechstes. Ich weiß, wie das läuft. Ich könnte sogar ein Buch darüber schreiben, o ja! Ein medizinisches Lehrbuch für Mädel wie Sie. Für euch, wie sagt man doch gleich, euch Geburtspflegerinnen.«

»Nein«, sagte Cyrille, »ich bin Hebamme«.

»Genau«, die Frau schnitt eine Grimasse. »Das habe ich gemeint. Dieses hier«, fügte sie hinzu und senkte den Blick in Richtung ihres Bauches, »wird jedenfalls ein Junge, da bin ich ganz sicher. Die Jungen tun immer mehr weh als die Mädchen.«

Aber ja doch, mein Dickerchen, dachte Cyrille, als sie die Tür des Zimmers 307 zuzog. Das ist bestens bekannt. Man muss sich übrigens wirklich fragen, warum die Ärzte unbedingt Ultraschallaufnahmen machen wollen, wenn doch jeder weiß, dass die Jungen mehr wehtun.

Auf quietschenden Basketballschuhen ging sie bis zu dem kleinen Stationszimmer, das zwischen einem Plastikparavent und einer mit Zetteln gespickten Wand eingezwängt war. Der Fernseher lief, Viviane trank eine Tomatensuppe und hing mit den Augen an den rätselhaften Bildern ohne Ton.

»Was ist das?«, fragte Cyrille und wies mit dem Kinn in Richtung Mattscheibe.

»Das ist ein …«

Viviane hielt inne, als hätten noch schnellere und faszinierendere Bilder ihre Worte aufgehalten.

»Warum stellst du den Ton nicht an?«, fragte Cyrille.

»Die Mütter«, sagte Viviane. »Es gab Beschwerden. Sie sind erschöpft. Wollen nachts schlafen.«

Ich möchte auch nachts schlafen, dachte Cyrille.

Es gefiel ihr nicht, wenn sie schlecht gelaunt war. Sie stand gerne morgens auf und sah, noch bevor sie ihren verschlafenen Fuß zu Boden setzte, in Gedanken ihren Tagesablauf wie ein Blumenbeet ausgebreitet vor sich liegen. Gerne ging sie lächelnd zur *Clinique des Rosiers*, vorbei an den noch geschlossenen, aber schon beleuchteten Geschäften des Zeitungshändlers und des Bäckers. Sie sah gerne mit ihrem linken Auge, das sich immer, wenn sie es wollte, dank eines angeborenen Auswärtsschielens davonstahl, den Sonnenaufgang durch die Stores des Kreißsaales, während sie den schweren, verschwitzten Kopf einer Gebärenden stützte. Gerne trank sie überhaupt nicht starken Kaffee aus einem Styropor-Becher, den ein vor Anstrengung und Schlafmangel lahmer Arm zum Mund führte. Sie mochte die anstrengenden Kaiserschnitte und die Anfeuerungsrufe wie von entfesselten Schlachtenbummlern, mit denen das Behandlungsteam eine nackte, ungekämmte, leichenblasse Frau eindeckte, die, einem der letzten Dinosaurier ähnlich, entkräftet auf einem Packeisblock aus weißen Laken lag.

Waren es der Winter, die Rückenschmerzen, die sie seit zwei Monaten plagten, oder Vivianes mangelnde Begeisterung, als sie vor der stummen Mattscheibe hing? Seit einigen Tagen, vielleicht sogar schon Wochen, sagte ihr Fuß ihr jedes

Mal, wenn sie ihn auf die Dielen unter ihrem Bett setzte, dass sie schlechte Laune haben würde. Streckte sie das Bein unter der Decke hervor, bereitete sie im Geiste ihre Fußsohle, die noch so unversehrt war wie bei einem Astronauten, der seit drei Wochen die Erde nicht betreten hatte, auf den elektrischen Schock durch die Berührung mit den eiskalten Brettern vor. Es funktionierte nie. Wenn ihr Körper sein Gewicht erst auf die Ferse und dann auf die Zehen verlagerte, dann spürte sie, wie die Feindlichkeit der Welt in ihrem Bein hochkroch und ihr in der Kehle stecken blieb.

Sie kramte in der Tasche ihres rosa Kittels nach einem Paket Kaugummis und ihre Hand, die besser als sie selbst wusste, was sich in ihrer Tasche befand, stieß auf den x-mal auseinander- und zusammengefalteten, schon etwas zerknitterten Brief ihrer Schwester: »Meine Schöne, wir hatten letztes Mal nicht wirklich Zeit uns zu sehen. Aber du weißt ja, wie das an Premierenabenden ist …«

Sie hatten nicht wirklich Zeit gehabt sich zu sehen. Oder vielmehr hatte Mascha – so lautete der Künstlername ihrer Schwester, aber Cyrille weigerte sich sie anders als Marion zu nennen – sie nicht wirklich in der Menge entdeckt. Cyrille hingegen hatte alle Zeit der Welt gehabt ihre Schwester zu beobachten. *Sospir, ahime, nel cor, dolor,* und jedes Mal staunte sie wieder über diese wie ein endloser Tunnel geöffnete Kehle, aus der sich mit jeder Note ein transparenter und dichter Strom ergoss, weich wie die Brust eines Vogels, glatt wie Milch. Ein Kostüm aus dickem Stoff, das an der Taille eng anlag und ihre pampelmusengroßen Brüste bis zu den Ohren hoch schnürte. Lange Arme mit etwas groß geratenen Händen, die sich ausbreiteten, sich hoben und ihre eigene, lächerlich verschlüsselte theatralische Sprache sprachen. Ihre Art, sich mit dem Ausdruck der wehrlosen heiligen Blandine einer Horde durch die Musik besänftigter und gesättigter Löwen zum Fraß vorzuwerfen. Cyrille kannte jeden Takt dieser Oper. Mit ihrer dröhnenden, heiseren Stimme, die kein Milchstrom war, sondern eine raue Explosion, die ihr den Kehlkopf wund rieb, hatte sie ohne Ausnahme alle Arien gesungen, einschließlich der Bassarien. Ich bin musikalisch, sagte sie sich. Bei den Gesangsübungen in der Musikschule war ich nicht schlecht. Während die Sänger Liebesworte hauchten, als wären ihre Lungen mit Seide ausgeschlagen, sprach sie mit stummen Lippenbewegungen die Worte mit, die ihre Kehle anschwellen ließen, anstatt sie zu lösen, und ihre Schleimhäute zerkratzten. Sie hatte sich von der Aufführung mitreißen lassen, hatte bei jedem Vorhang wie verrückt applaudiert. Um Viertel vor zwölf klatschten ihre vor Erhitzung und Vergnügen geschwollenen Hände immer noch, während die Sänger sich der Reihe nach verbeugten, mit vor Erschöpfung erstarrtem Lächeln und Augen, die nichts zu sehen schienen und sich im Dunkel der Sitzreihen verloren, aus dem die Gesichter als helle Flecken hervorstachen.

Cyrille hasste diesen Moment, in dem das Publikum sich skrupellos an eine Art Abstimmung machte um den Besten oder die Beste zu küren. Ausnahmslos gewann Mascha Grossmann das Spiel mit dem Applausmesser. Sie hatte den Dreh raus. Natürlich hatte sie eine grandiose Stimme, natürlich war sie überaus schön, natürlich ging sie ganz in ihrer Rolle auf – wie sie gerne sagte. Aber Cyrille wusste, dass ihre Schwester von Beginn ihrer Karriere an die Begeisterungsstürme des Publikums vor allem durch ihre Bescheidenheit entfacht hatte. Auf unnachahmliche Art füllten sich ihre Augen schon beim ersten Klatschen mit Tränen der Dankbarkeit. Vor den Zuschauern neigte sich ihr langer Hals so reizend, dass man ihr nichts abschlagen konnte. Wenn sie nach einer tiefen Verbeugung ihren Kopf wieder hob, malte sich auf ihrem Gesicht eine Andacht, die unmöglich gespielt sein konnte. Dann neigte sie den Kopf leicht zur Seite, als wollte sie sagen: »Ist es wirklich wahr, habe ich Ihnen gefallen?« Das war ihr Trick. Mascha Grossmann war kein bisschen eingebildet, sie war ein Goldmädel und ihr Talent musste ein Geschenk des Himmels sein, weil es weder das Ergebnis von Streberei noch von egoistischem Erfolgswillen sein konnte. Wenn man sah, wie dieses Urbild der Bescheidenheit aus den Kulissen trat um dem Publikum für die Liebe zu danken, die es ihr durch seine Bravorufe bezeugte, brauchte man nicht mystisch veranlagt sein, um bei der Verbeugung an Gott zu glauben. Sie steckt sie alle in die Tasche, dachte Cyrille jedes Mal. Jeden Einzelnen konnte sie in dem Glauben wiegen, dass er die wichtigste Person in ihrem Leben war. Und damit war ihre Großzügigkeit noch nicht erschöpft. Auch in den Kulissen, auf den Logen und beim Premierenumtrunk fuhr sie denselben Kurs der Selbstverleugnung.

Sie hatte Cyrille in die Arme geschlossen und vor ihren Verehrern gesagt:

»Ich möchte Ihnen Cyrille, meine kleine Schwester vorstellen. Alles, was ich tue, ist nichts im Vergleich mit ihr. Sie hat einen wundervollen Beruf.«

Cyrille merkte, dass das allen anderen egal war. Sie brannten darauf, der Sängerin die Hand zu drücken, sie zu küssen, ihr zu sagen Schatz, du warst fabelhaft, als müssten sie sich einer Gefühlslast entledigen, die sie ihnen aufgebürdet hatte ohne nach ihrer Zustimmung zu fragen. Aber es passte nicht zu Mascha, sich vom gelangweilten Gesichtsausdruck der Leute, die sie umringten, entmutigen zu lassen.

»Meine Schwester«, fuhr sie fort und drückte Cyrille dabei noch fester an sich, »arbeitet mit Leben und Tod. Und das ist kein Theater«, fügte sie noch hinzu und warf Cyrille einen Blick voll bewundernder Mitwisserschaft zu. Cyrille hatte Lust sich zu übergeben, vom Erdboden zu verschwinden oder wenn möglich niemals existiert zu haben. »Meine kleine Schwester hat den schönsten Beruf der Welt«, sprach sie weiter, während die Journalisten auf der Suche nach einem Kugelschreiber in ihren Taschen kramten. »Sie ist Hebamme«, sprach sie es endlich aus, reckte das Kinn herausfordernd in die Luft und wartete vielleicht darauf, dass die Leute Cyrille genauso wie ihr applaudieren würden.

Die betretenen Gesichter und die Bestürzung der Groupies ließen Cyrille beinahe bedauern, dass sie diesen Augenblick nicht in seinem ganzen burlesken Wert auskosten konnte. Aber es war zu spät dafür, der Kälte, die sich nach dieser letzten Verkündung augenblicklich eingestellt hatte, mit Ironie und Schadenfreude zu begegnen. Sie war erledigt. Ihre Lippen hatten das von der Musik hervorgezauberte Lächeln bereits verschluckt.

Madame Grossmann saß in einem Sessel neben dem Schminktisch und rauchte unter den missbilligenden Blicken der Garderobiere eine Zigarette. Sie lächelte nicht und markierte ihr Revier durch die Asche, die sie zu Boden fallen ließ. Wenn sie gekonnt hätte, dachte Cyrille, hätte ihre Mutter auch ihre Töchter mit grauen Flocken bestäubt und unsichtbar eingesponnen. Tabakgeruch war der Geruch ihrer Mutter und wenn ihr Zigarettengeruch in die Nase drang, musste Cyrille unweigerlich an Madame Grossmann denken, deren vergilbte Finger ihr, als sie noch klein war, überfallartig die Nase geputzt hatten. Als Jugendliche ließ Cyrille sich einmal zu einem dieser Gespräche verleiten, in denen die Töchter nacheinander beschreiben sollten, welche Art Jungen sie bevorzugten, und geriet in große Verlegenheit. Die einzige Einschränkung, die ihr zur Bestimmung der möglichen Kandidaten in den Sinn kam, war, dass sie Nichtraucher sein sollten. Egal ob braun, blond, groß oder dick, aber Tabakgeruch in einem Mund, der sie küsste, erschien ihr unerträglich. Einen Jungen küssen war schon von sich aus nicht einfach, aber es wurde völlig unmöglich, wenn man im Geiste dabei ständig das Gesicht seiner Mutter vor Augen hatte. Sie erfand etwas und erwähnte die Zigaretten nicht. Weil ihre Ausführungen zu ungenau waren um die Phantasie der anderen zu beflügeln, war sie schnell fertig, sah sich zum Schweigen verurteilt und spürte, wie der klare Blick ihrer Mutter sich in ihren Rücken bohrte.

Sie wand sich aus Maschas Armen und stellte sich neben Madame Grossmann. Sie sah die Kippe neben ihrem Fuß zu Boden fallen, bedeckte ihn sofort mit der Sohle ihres Basketballschuhs und wagte nicht den Blick zu der empörten Garderobiere zu heben.

»Hast du zu Abend gegessen?«, fragte ihre Mutter. »Du siehst ganz blass aus.«

Diese verflixten Opern fingen immer zu unmöglichen Zeiten an. Als sollte es der arbeitenden Bevölkerung unmöglich gemacht werden in aller Ruhe nach Hause zu gehen und sich hübsch zu machen oder im Café ein Spiegelei zu essen, bevor man die Stufen des großen, gläsernen Camemberts an der Bastille erklomm. Wegen dieser unsinnigen Anfangszeiten nahm Cyrille ihren Platz immer mit einem Betonklumpen im Magen ein, der sich durch die unvermeidliche Hast beim Herunterschlingen des Sandwiches gebildet hatte. Und es lag ebenfalls an dieser höllischen Eile, dass sie zwischen Frauen im Pelzmantel und Männern, die allesamt aussahen wie italienische Modedesigner, in Jeans und Basketballschuhen erschien, ungeschminkt und mit vom Schweiß des Tages und dem Dreck in der Metro verklebten Haaren. Zwischen ihrer mit Guerlain bemalten Mutter und ihrem als erfolgreicher Kunstmaler verkleideten Vater kauerte sie sich in ihrem Sitz zusammen.

»Guten Tag, meine Liebe«, sagte dann ihre Mutter und unterdrückte nur schlecht ein angewidertes Lächeln beim Anblick ihrer Jüngsten, die wie ein armes Mädchen oder, schlimmer noch, wie jemand herausgeputzt war, dem jeglicher Geschmack abging.

»Nicht zu müde?«, flüsterte ihr Vater ihr zu und küsste sie lustlos.

Ich falle euch auf den Wecker, dachte Cyrille. Mama, ich finde, dass dein neues Parfum – wie heißt es doch gleich, Noémie? – nach WC-Frisch stinkt. Es war sehr teuer, nicht wahr, es duftet hervorragend, immerhin ist es von Guerlain, oder? Mag sein, aber ich finde, es stinkt.

Papa, auch wenn du ein Dichter bist, siehst du in deinem Künstleranzug im Maoschnitt für 6000 Eier wie ein alter Trottel aus.

Cyrille wusste, dass ihre Eltern sie zärtlich liebten, wie man so sagt, wenn man von Elternliebe spricht. Nicht jeder in dieser Familie konnte schließlich ein Künstler sein. Es musste in ihr wenigstens einen normalen Menschen geben, eine Angestellte, die wie angegossen in Umfragen und amtliche Fragebögen hineinpasste. Solche Fragen wie ihr Vater stellte sich

Cyrille nie: Ist Dichter ein selbständiger Beruf? Oder wie ihre Mutter: Gehört Yogalehrerin in die Kategorie der Lehrer? Oder wie ihre Schwester: Gebe ich das grüne Kleid, das ich für den Liederabend in Compiegne gekauft, aber auch bei der Hochzeit von Denis und Madeleine getragen habe, als Betriebsausgabe an? Cyrille stand morgens, nachts und nachmittags auf. Sie schlief und aß schlecht. Sie arbeitete in drei Schichten und dachte dabei an einen Bergwerksarbeiter, der die schwarzen Gänge ihres Gehirns entlang eilte auf der Suche nach einem Goldklumpen: Ihrem in der Tiefe ihrer selbst verborgenen Schatz, der in unmittelbarer Nähe der kurzsichtigen Augen ihres imaginären Mitbewohners schwach leuchtete.

Mascha oder Marion, jedenfalls ihre Schwester sagte zu ihr: »Eigentlich bist du wie ich, du hast keinen festen Stundenplan. Den einen Tag stehst du mit der Sonne auf, am nächsten Tag gehst du mit dem Mond schlafen.« – »Ja«, sagte Cyrille, »genau wie du. Verrückt, wie sehr man sich im Grunde doch ähnlich sein kann.« Diese Feststellung brachte Marion zum Lachen. Dann legte sie ihrer Schwester den Arm um die Schultern und drückte sie an sich, damit sie ihren Schweißgeruch ganz auskosten und mit ein wenig Glück vielleicht sogar einen Hauch Plazenta erschnuppern konnte oder etwas Ähnliches, leicht Ekliges, das Cyrille vielleicht von der Arbeit mitgebracht hatte wie eine Akte, die man mit nach Hause nimmt, weil man im Büro keine Zeit mehr hatte sie zu studieren. Cyrille ließ sich gehen und rollte ihre Stirn an Marions füllige Schulter, freute sich an ihrem Duft nach Karamell oder Vanille und verlor sich in der Erinnerung an Feriennachmittage, die sie mit ihr im Bett verbracht hatte, Schokoriegel essend, die pieksende Krümel für die Nacht hinterließen.

Als Kinder hatten sie genau gewusst, was sie einmal werden wollten. Sie wollten zusammen ein Geschäft haben und getrocknete Blumen, Weidenkörbe, Seife, die die Haut nicht austrocknete, und makrobiotischen Porridge verkaufen. Eigentlich wollten sie den Laden unter ihrer Wohnung, der so gut nach verfaulten Pflanzen roch. Cyrille hatte daran geglaubt. Länger als Marion.

Als Marion mit dem Gesangsunterricht begonnen hatte, hielt Cyrille das für eine gute Idee; sie konnten in ihrem Laden ja auch Kassetten verkaufen. Sie setzte sich unter den Stutzflügel im Wohnzimmer und hörte zu, wie ihre Schwester Vokalisen sang, die ihr lächerlich vorkamen: RIIING-ZI, A-U-E-A-U-E-A, GA-GA-GA-GA-GA. Und was sollte dieses TON-THE-T'A-T-IL-OTE-TA-TOUX, wenn du doch gar keinen Husten hast, dachte Cyrille und hörte zu, wie ihre Schwester brüllte, sich für Tarzan hielt und endlich eines Tages ein kleines Lied von Mozart sang, als wäre Mozart ein alter Freund von ihr, als wäre Marion selbst Mozart. Nach einem Jahr Stimmritzenakrobatik, Übungen um die Zunge geschmeidig zu machen und Tonleitern mit geschlossenem Mund brach es aus ihr heraus. Das milchige Vögelchen schlüpfte aus dem engen Tunnel der Kehle, ohne sich die Flügel zu zerknittern und mit noch warmem Bauch vom Kontakt mit der seidigen Lunge. Cyrille kauerte sich zusammen. Die Musik, die aus dem Körper ihrer Schwester herauskam, machte ihn nun inwendig genauso schön wie von außen. Cyrille hatte eine flüchtige Eingebung. Sie sah Marion hinter ihren durch die Zauberkraft der Noten versiegelten Augenlidern, Marion das Innerste nach außen gewendet, auf links gedreht wie ein Handschuh, ihre weiße Haut, ihren Vanilleduft, ihr weiches, festes Fett nach innen gekehrt, ihre bereits schwellenden Brüste an der Stelle der Lunge, ihren Nabel in der Wirbelsäule, das Glitzern ihrer Schenkel verborgen in einem stillen Reiben ihrer Muskeln, die hervorsprangen wie bei Pferdefleisch. Marion innen außen, Marion außen innen. Sie streckte den Kopf unter dem Klavier hervor um sich zu vergewissern. Mit weit geöffnetem Mund und lachenden Augen stand ihre Schwester neben ihrem Lehrer. Da hatte Cyrille verstanden, dass Marion nicht mehr an ihren gemeinsamen kleinen Laden glaubte.

»Die 307 braucht noch mindestens drei Stunden«, sagte Cyrille zu Viviane und hoffte, dass diese Bemerkung eine Unterhaltung in Gang bringen könnte. »Wir gehen noch lange nicht ins Bett.«

»Hm«, grummelte Viviane nur und hob ihren Tomatensuppenbecher, der seit einer halben Stunde leer war; doch sie hatte die Hoffnung nicht aufgegeben einen letzten Tropfen herausschlürfen zu können. »Ach übrigens«, fuhr sie fort, während eine Waschmittelwerbung über den Bildschirm flimmerte, »ich schulde dir noch 50 Piepen. Du hast die Wette gewonnen.«

Sie angelte sich ihre Handtasche, die auf dem Boden herumlag um ihr Portemonnaie herauszunehmen, aber Cyrille unterbrach sie.

»Nicht nötig, dafür habe ich vorgestern verloren. Ich habe zwei Mal Clémence gewettet, aber es gab nur eine Clémence und eine Armance.«

»Du hast nicht zwei Clémence gewettet«, sagte Viviane und schaltete den Fernseher aus. »Du hast gesagt: eine Clémence und vielleicht sogar zwei. Das ist nicht dasselbe. Und gestern mit Sigismund hast du den großen Treffer gelandet. Ich habe es nicht im Traum für möglich gehalten.«

»Hast du die Visage von der Mutter gesehen? Ich habe kurz gezögert, ob sie nicht doch Donatien sagt, aber dann hatte ich im letzten Moment die Erleuchtung.«

»Ich glaube eher, du hast die ganze Nacht mit der Nase im Kalender gesteckt. Bei Vornamen bist du schon fast genauso abgedreht wie die Eltern.«

»O nein, das kannst du nicht behaupten. Wenn ich ein Mädchen bekäme, würde ich es Corinne nennen und einen Jungen Jean-Louis. Die Namen hängen mir alle zum Hals raus. Ich hab diese ganzen Leute satt, die ihre Kinder zu außergewöhnlichen Wesen machen wollen, Romanhelden oder so was. Außerdem ist die Roman-Quentin Mode vorbei. Ich schwöre dir, noch ein Quentin und ich kündige.«

»Immer musst du so übertreiben«, sagte Viviane, zerknüllte ihren Becher und warf ihn in den Mülleimer. »Es ist doch normal, dass die Eltern außergewöhnliche Kinder wollen, wozu sollen Kinder sonst gut sein? Wenn du Kinder hättest, würdest du dann vielleicht wollen, dass sie Flaschen sind?«

»Ja, ganz genau«, sagte Cyrille, die endlich ihre Kaugummis gefunden hatte und sich vier davon in die Hand schüttete. »Ich möchte, dass sie normal sind. Nichts weiter.«

Viviane stellte den Fernsehton lauter und ließ ihre Handtasche wieder auf den Linoleumboden fallen.

»Gut«, sagte Cyrille und unterdrückte den Wunsch ihre Kollegin zu erwürgen. »Ich gehe in den Kreißsaal und sehe nach, wie es für die 301 läuft. Sie scheint nett zu sein. Kommst du mit?«

»Nein«, antwortete Viviane, »ich bin fertig ... Außerdem machst du mich ganz trübsinnig.«

Eine einzige, riesige Lampe erleuchtete den blau gekachelten Kreißsaal, deren Licht vom glänzenden Bauch der Gebärenden reflektiert wurde. Cyrille kam im richtigen Moment. Der Geburtshelfer mit der Schlachterschürze und den Krabbenfischerstiefeln hatte bereits die Hände zwischen den Schenkeln der 301. Farida stützte den Kopf der schweißgebadeten Frau und überwachte die Wehen auf dem Monitor.

»Da kommt wieder eine. Eeeeinatmen – prrreeeessen, pressen-pressen-pressen, noch mal, noch mal, stärker, entspannen!«

Der Kopf der Frau fiel zurück, als hätte sie sich das Genick gebrochen.

»So ist es gut, sehr gut«, sagte der Geburtshelfer. »Der Kopf ist schon draußen. Wollen Sie mal gucken, Madame? Wollen Sie ihn sehen?«

Die Frau verneinte. Sie wollte die Sache zu Ende bringen. Das hier war ein Sprint, kein Hindernislauf. Sie war bereit, die Beine weich, die Arme angespannt, mit den Händen klammerte sie sich an die Stützen der Beinhalter. Cyrille legte die Hand auf ihren Bauch und streichelte die gespannte, glatte Haut. Sie sah, wie auf dem grauen Gesicht der Frau ein Lächeln erschien, es kam hinter dem runden Bauch hervor wie ein Schiffchen ohne Segel, das versuchte, an einer verlassenen Insel anzulegen. Cyrille erwiderte das Lächeln und streichelte sie noch einmal, diesmal etwas stärker, an das Baby gerichtet, das bereits seit geraumer Zeit existierte und das doch noch niemand kannte. Eins, zwei, drei, vier –, ohne einen einzigen Schrei der Mutter erschien es unter dem Beifall des Krankenhauspublikums zwischen den reglosen Schenkeln, mit an den Körper gepressten Armen und so kleinen Beinen, dass man es für eine Meerjungfrau oder Larve hätte halten können.

»Ein sehr schöner Junge!«, rief der Geburtshelfer, als wäre er selbst der Vater.

Cyrille nahm das glitschige, weiche Kind hoch und legte es auf den erschlafften Bauch, wo es mit der rauen Stimme eines zornigen Mafioso seinen ersten Schrei ausstieß. Die Mutter streckte die Hand aus, streichelte das Köpfchen mit den von Käseschmiere verklebten Haaren und murmelte seinen Namen:

»Johnny, Johnny, Johnny.«

Ein wunderbarer Name, dachte Cyrille. Diese Wette hätte ich niemals gewonnen.

Die rotblaue, wie eine unendliche Kette abwechselnd dicke und dünne Schnur wurde durchtrennt.

Farida nahm das Kind auf um es zu säubern, während Cyrille sich zu der Mutter hinunterbeugte.

»Sie waren super«, sagte sie. »Ein echter Profi.«

Die 301 lächelte stolz, ihr Kinn zeigte zur Decke, ihre blau geäderten Brüste reckten sich zu beiden Seiten wie zwei zum Angriff bereite Grizzlybären in die Höhe. Diese da zumindest war nicht bescheiden, sie hätte zum Grüßen einfach nur den Nacken gebeugt, hoch aufgerichtet und gehalten von einer Kraft, derer sie sich nicht schämte. Cyrille biss die Zähne zusammen um die Tränen zurückzuhalten. Sie durften nicht fließen, denn sie würden sich keinem Gefühlsüberschwang, sondern nur der Eifersucht verdanken und waren es nicht wert über den Rand ihrer Augen zu treten.

Sie wandte sich von der Frau ab, wie man das Telefon auflegt, wenn man merkt, dass man sich verwählt hat. Mechanisch begann sie den Kreißsaal aufzuräumen, hasste sich, weil sie ein solcher Giftzwerg war, und fragte sich, ob sie wohl auch eines Tages dort auf dem Tisch liegen würde, erschöpft, aber glücklich und durch die Mutterschaft endlich von allem Jungmädchenkummer befreit. Sie schnupperte nach dem Geruch von Urin oder Blut um es sich endgültig zu verleiden, aber die mit Ammoniak gereinigten Kacheln rochen einfach nach nichts.

»Sehen Sie doch noch nach der 307«, sagte der Geburtshelfer leise zu Cyrille. »Ich möchte am liebsten gleich weitermachen. Ich habe nicht vor die ganze Nacht hier zu verbringen. Wir wollen mal sehen, ob sich die Sache nicht ein wenig beschleunigen lässt.«

»Ich war vor noch nicht einmal einer Stunde bei ihr«, sagte Cyrille, »der Hals war noch nicht mal drei Zentimeter geöffnet.«

Der Geburtshelfer blickte Cyrille in die Augen. Einen Moment lang sahen sie sich an. Hinten auf der Netzhaut des Arztes flackerte es. Es war lange her, seit Cyrille in den Augen eines Mannes etwas hatte lesen können. Sie wollte, dass der Augenblick nicht aufhörte. Gerne hätte sie im übermüdeten, zärtlichen Blick des Geburtshelfers nach Fragmenten seines Lebens als Jugendlicher geforscht – einer alten Liebesgeschichte etwa, einer Geschichte von aneinander geschmiegten Körpern im feuchten Gras. Aber ihr blieb keine Zeit dafür. Die Lider blinzelten und ließen Cyrilles Augen wieder alleine zurück, damit sie angesichts der reflektierenden Kacheln ihre eigenen Erinnerungen ergründen konnten. Nichts zeigte sich. An Stelle nostalgischer Bilder von geliebten und verlorenen jungen Männern stand dort bloß ein mit zerknitterten Laken drapierter Wäscheständer. Was ist das für ein Teil, fragte sich Cyrille und wollte sich nicht damit abfinden, dass ihr Unterbewusstsein nichts weiter enthielt als diesen ausladenden, lächerlichen Gegenstand. Sie versuchte es mit Gewalt, versuchte, sich ein Lied von früher vorzusingen, etwas wie *Les Feuilles mortes* oder *L'Eté 42* oder sogar *When a Man Loves a Woman*, aber es ging nicht. Ihr inneres Auge hatte sich ganz an dieses Bild gewöhnlicher Reinlichkeit verloren, das noch nicht einmal jenen schwachen Waschmittelduft verströmte, der sie an die Frühlinge ihrer Kindheit hätte erinnern können. Plötzlich bekam sie Bauchschmerzen. Wo ist meine Vergangenheit hin, fragte sich Cyrille und war zugleich bestürzt über diese dumme Frage. Ihre Vergangenheit war aus ihrem Kopf verschwunden. Geköpft und unglücklich ging sie nun irgendwo alleine spazieren.

Wie ein grimassierender Buddha saß die 307 auf ihrem Bett und gluckste heiser.

»Legen Sie sich hin«, sagte Cyrille, »ich möchte Sie untersuchen.«

»Wo ist Ihre Kollegin, die Blonde?«

»Sie ist nicht da.«

»Wie ist das möglich? Sie war da, als ich angekommen bin.«

»Wir wechseln uns ab. Sie hat sich hingelegt. Wir arbeiten immer drei Tage und drei Nächte hintereinander, aber in Wirklichkeit ist die Arbeitszeit nicht so streng festgelegt. Manchmal ist man im Rückstand, deshalb verschieben sich die Zeiten …«

»Aaaaaah«, stöhnte die Frau, der die Schwierigkeiten der Personalplanung völlig egal waren.

Cyrille steckte zwei Finger zwischen die Beine der Frau.

Ich würde mich gerne unterhalten, sagte sie zu sich selbst. Ich habe Lust genau zu erklären, wann ich mit der Arbeit beginne und wann ich nach Hause gehe. Ich möchte sagen, warum so früh und warum so spät. Die Worte drängten heran. Es war sehr interessant, wie ein Team von Hebammen arbeitete. Cyrille verstand nicht, warum man ihr nie zuhörte. Zwischen den Wänden ihres Gehirns spürte sie, wie ihr Grubenarbeiter mit seiner Hacke zuschlug. Er suchte immer weiter und all die staubigen Kohlenstücke, die er losschlug, verwandelten sich in sperrige, verwickelte Worte, eine Art grobes Kauderwelsch, das ihr den Kiefer sperrte.

Früher als alles noch offen war, war es anders gewesen.

Auf dem Gymnasium brauchte sie sich nur auf eine Gleichung oder eine Seite des Physikbuches zu konzentrieren um sich im Rest der Welt aufzulösen und wie ein Astronaut zwischen den unwichtigen Abstraktionen zu schweben, von denen ihr Kopf voll war. In den Schulstunden gab es Hoffnung und leichtes Vergessen, wenn sie aus dem Fenster schaute oder mit einer Kompassnadel gewichtige und traurige Wörter in das Pult ritzte, die einen in dem Glauben wiegten ein Dichter zu sein. Ohne dass man darüber nachdenken musste, wurde die Zeit durch ihren strikten Gebrauch und die immer zu nahen Abgabetermine der Hausaufgaben markiert. Jetzt kam es Cyrille vor, als wäre sie schon alt. Sie kannte ihren Beruf in- und auswendig. Genauso gut hätte sie sechzig Jahre später auf dem Sterbebett liegen und sich sagen können, dass ihre Eltern entschieden recht gehabt hatten und sie niemals diese Wahl hätte treffen dürfen. Dafür bist du zu intelligent, hatten sie gesagt. Du kannst dein Gehirn nicht so untätig lassen. Du wirst sehen, eines Tages gehst du in diesem beschränkten Milieu in die Luft. Es ist nicht das, was du brauchst. Dieser Beruf ist deiner nicht würdig. War es wirklich ihre Intelligenz, die ihr im Augenblick den Atem raubte? Oder war es nicht eher Mangel an Liebe?

Cyrille zog ihre von durchsichtigem Latex umhüllten Finger aus der Vagina der 307.

Am nächsten Tag wurde Cyrille von einer besorgt blickenden Viviane empfangen.

»Mit der 307 hat es Probleme gegeben«, sagte sie und reichte Cyrille ihren Kaffeebecher.

Cyrille stellte das Getränk ab und bückte sich um sich die Schnürsenkel zu binden.

»Sie wäre fast hinüber gewesen«, ergänzte Viviane.

»Was? Aber die gute Frau ist eine Naturgewalt.«

»Die Kleine wäre fast hinüber gewesen.«

»Ich wusste genau, dass es ein Mädchen wird«, triumphierte Cyrille und nahm einen ersten Schluck Kaffee. Er war süß. Immer vergaß Viviane, dass sie den Kaffee ohne Zucker trank. Cyrille verzog das Gesicht und stellte den Becher auf den tomatensuppenbefleckten Tresen.

»Es hat zu lange gedauert. Die Kleine hat sich die Nabelschnur um den Hals gewickelt, als sie versuchte, sich freizukämpfen. Das war kein Spaß, ungelogen. Um ein Haar hätte sie schlapp gemacht.«

Cyrille blinzelte lange, als wollte sie wieder einschlafen. Als hätte sie, nur durch diese Bewegung ihrer Lider, wieder in ihrem Bett liegen und den Tag von neuem beginnen können. Dabei war es nicht ihre Schuld. Sie hatte ihren Nachtdienst um drei Uhr morgens beendet und war schlafen gegangen. Sie hatte alles Nötige getan. Um fünf vor drei hatte sie sogar die Fruchtblase gesprengt. Normalerweise hätte sie das Juliette überlassen sollen. Sie öffnete die Augen wieder und betrachtete Vivianes Gesicht mit der leicht fettigen Nase, den großen, sauberen Poren, den Lippen, die kaum dunkler waren als die sie umgebende Haut, und den großen, schwarzen Augen, bekränzt von einem Paar besonders langer und feiner Wimpern, um die sie sie immer beneidet hatte.

»Was hast du?«, fragte Viviane. »Ist dir nicht gut?«

»Doch, mir geht's gut, warum?«

»Du guckst mich so komisch an, als hättest du mich noch nie gesehen. Ist mein Kaffee nicht gut?«

»Doch, sehr gut«, sagte Cyrille, »mit viel Zucker, so wie ich ihn mag.«

Viviane lächelte bescheiden wie der Heißgetränke-Automat persönlich oder als hätte sie den Kaffee eigenhändig geröstet.

Cyrille dachte, dass es genauso gut und sicher einfacher wäre, wenn sie anfinge Kaffee mit Zucker zu mögen. Es war beschlossene Sache, von diesem Tag an würde sie nicht einen einzigen Schluck ungesüßten Kaffee mehr hinunterbringen. Sie wollte wieder lernen, mit dem kleinen Plastiklöffel auf dem Becherboden herumzuschaben, und wenn sie in einer Bar einen Espresso bestellte, würde sie jedes Mal ein Stück Würfelzucker eintauchen. Es war ein Tag für große Entscheidungen und bei dieser würde sie nicht Halt machen. Nachdem sie ihr karamellartiges Gebräu hinuntergestürzt hatte, holte sie aus dem Wagen der Putzfrau einen Schwamm, spülte ihn unter dem Wasserhahn, wrang ihn zweimal aus, gab einen Tropfen Putzmittel darauf und wienerte damit den Tresen. Danach nahm sie nacheinander die Zettel von der Wand, stapelte sie auf ihren Stuhl, ordnete sie, warf die Hälfte weg und heftete sie wieder auf die Kork-Pinnwand.

»Heute bist du mit dem richtigen Fuß aufgestanden«, sagte Viviane und belohnte sie mit ihrem breitesten Lächeln, das viel blassrosa Zahnfleisch und ihre regelmäßigen, weißen Zähne freilegte. Das Lächeln einer Skilehrerin, dachte Cyrille. Sie erwiderte das Lächeln und spürte, dass ihre Gesichtsmuskeln diese Bewegung schon lange nicht mehr ausgeführt hatten. Sie erinnerte sich am Vortag einige Male nur mit dem Mund gelächelt zu haben, aber schon seit Tagen hatte sie ihren Augenwinkeln nicht mehr erlaubt, sich zu heben, und ihrer Stirn sich zu glätten. Dieses Lächeln kannte sie. Sie hatte es auf den kleinen, noch wenig konturierten Gesichtern der Säuglinge nach dem Stillen gesehen. Regelmäßig gerieten die Eltern in Ekstase: »Schauen Sie doch mal, es lächelt. Erst drei Tage alt und kann schon lächeln«, sagten sie und zogen sie als Zeugin heran. Wenn dann später Verwandte oder Freunde zu Besuch kamen, wurde es entschieden ungemütlicher. »Ich sage dir doch, dass es gelächelt hat. Ungelogen. O nein, ich bin nicht kindisch. Komm her, Herzchen, lach mal die Tante Rosette an.« Tante Rosette nahm den weichen, nervösen Körper auf den Arm und stützte sorgfältig das Köpfchen um zu zeigen, dass sie sich gut mit Babys auskannte. »Kuckuck, kuckuck, lach mal für Tante Rosette, mein Mäuschen. Lach doch mal, mein Häschen.« Dann fing das Häschen an zu schreien, nicht weil es Tante Rosette nicht mochte, wie diese natürlich annehmen musste, und auch nicht weil es keine Lust zum Lachen hatte, sondern einfach nur so, weil Babys eben schreien.

Tante Rosette hätte es am liebsten gegen die Wand gepfeffert. »Es ist nichts Schlimmes«, sagte die junge Mutter, »es muss nur ein Bäuerchen machen. Ich nehme es wieder.« Das Baby schlief wieder ein und seine Mama fühlte sich schuldig und hereingelegt. Dieses Lächeln war magisch. Es wurde auch engelhaft genannt, aber Cyrille mochte diesen Ausdruck nicht. An der Sache mit den Engeln schien ihr etwas Morbides zu sein.

Sie setzte sich neben Viviane und lehnte absichtlich ihren Ellbogen an den ihrer Kollegin um ihre Körperwärme durch den Nylonstoff des rosa Kittels zu spüren. Dann streckte sie sich und wandte ihren Kopf langsam dem Terminkalender zu.

»Gut, wir dürfen nicht trödeln«, sagte sie. »Der Kurs beginnt in weniger als fünf Minuten.«

»Es ist eine Neue da«, sagte Viviane.

»Name, Vorname, Geburtsdatum«, befahl Cyrille und ihr Tonfall brachte Viviane zum Lachen.

»Ay, ay, Käptn. Oswald, Héloïse, 4.6.64.

»Monat?«

»Sechster, nichts Auffälliges, Muttermund hermetisch geschlossen, keine übermäßige Gewichtszuname, Blutdruck normal.«

»Sehr gut, Mr. Spock«, antwortete Cyrille. »Die Pflicht ruft.«

Viviane belohnte Cyrille mit einem militärischen Gruß und einem weiteren Skilehrer-Lächeln.

Cyrille stand auf, steckte die Hände in die Taschen um wie eine Respektsperson auszusehen und begab sich in Zimmer 5, wo ihre Schülerinnen sie erwarteten.

An ihrer geschlossenen Faust rieb sich der inzwischen aufgeweichte Umschlag von Marions Brief. Das Papier war fadenscheinig geworden, so oft hatte sie es in die Hand genommen, mit ihrem Schweiß getränkt und mit klopfenden Fingerspitzen bearbeitet und sie merkte, dass es bereits eingerissen war. Sie wollte diesen Umschlag so lange in ihrer Tasche behalten, sagte sie sich, bis die Fasern des Papiers sich in Fetzen aufgelöst hatten, zu Staub zerfallen, wenn möglich sogar wieder zu winzigen Holzstückchen geworden und bereit waren sich hinter der seit langem verschwundenen Rinde des Baumes zu verstecken, den man gefällt hatte um sie miteinander zu verweben.

»Guten Tag, meine Damen«, sagte Cyrille und setzte sich auf die vierstufige Trittleiter, die ihr als Hocker diente.

Die Frauen antworteten nicht. Schüchtern und verschlossen nickten sie nur mit den Köpfen und versuchten sich hintereinander zu verstecken, wie ängstliche Kinder vor einer Lehrerin, die gleich eines von ihnen an die Tafel holen wird um das Einmaleins aufzusagen.

Cyrille musterte sie der Reihe nach. Vor allem das Gesicht der Neuen wollte sie sehen, um herauszufinden, ob sie einen Jungen oder ein Mädchen erwartete und ob sie eher der modernistische Periduralanästhesie- oder der Öko-Indianergeburts-Typ war.

Das Porträt ihrer Mutter als junges Mädchen. Cyrille war von der Ähnlichkeit so überrascht, dass sie sämtliche Papiere, die sie in der Hand hielt, fallen ließ. Als sie sich auf allen vieren niederhockte um die herumfliegenden Blätter einzusammeln, hob sie die Augen noch einmal zu Héloïse Oswald um ganz sicherzugehen. Sie wusste, dass Zigarettengeruch für sich allein schon ausreichte, damit sie überall ihre Mutter sah. Dasselbe dreieckige Gesicht, dieselben glänzenden, langen Haare, dieselben großen, hellen und durchsichtigen Augen. Nur der Mund war anders, fleischiger und zutraulicher; ein kleiner feuchter Halbmond deutete ein Lächeln an. Als Cyrilles und Héloïses Blicke sich kreuzten, sprang ein freundschaftlicher Strahl aus den blassen in die dunkleren Augen, ein Zeichen des Einverständnisses, dessen Cyrille sich auf der Stelle unwürdig fühlte.

»Letzte Woche haben wir alles über die Schmerzen und möglichen Probleme gehört, die während der Schwangerschaft auftreten können. Ich fasse es schnell noch einmal für Sie zusammen«, sagte Cyrille an die Neue gerichtet ohne sie dabei anzusehen. »Schmerzen in den Lenden, das Gefühl, dass Bauch oder Unterleib hart werden, Ziehen im Rücken. Das alles ist nur dann ein Grund zur Beunruhigung, wenn schnell aufeinander folgende Wehen auftreten. Ich rufe Ihnen noch einmal in Erinnerung, dass die Wehen sich durch ein Zusammenziehen aller Schichten der Bauchdecke und manchmal auch des Rückens bemerkbar machen. Zögern Sie nicht beim geringsten Zweifel herzukommen oder uns anzurufen.«

Die Mühle war in Gang gebracht. Cyrille schaltete auf Autopilot, ihr Mund artikulierte Wörter, die sie auswendig kannte. Die Frauen sollten lernen, woran sie erkennen konnten, wann die Geburt losging. Man musste sie ermutigen, musste ihnen versichern, dass es niemals einfach so, ohne Vorankündigung auf offener Straße passierte; man musste ihnen raten sich zu entspannen, und sich zu überzeugen, dass zwischen den ersten Wehen und der Geburt des Kindes mindestens zwei Stunden vergingen, und dass ihnen also genug Zeit blieb ein Taxi zu rufen und eine Dreiviertelstunde im Stau zu verbringen. Dieser Teil erzeugte regelmäßig Heiterkeit unter den werdenden Müttern.

Anfangs war Cyrille immer angsterfüllt in diese Kurse gegangen. Monatelang hatte sie dreimal wöchentlich befürchtet, dass eine der Frauen sie fragen würde: »Aber wie können Sie das alles wissen? Sind sie denn schon mal schwanger gewesen? Mit welchem Recht meinen Sie uns irgendetwas beibringen zu können?« Sie stellte sich vor, wie die anderen sich postwendend der Revolte anschlossen und sie am Ende in einer Ecke des Kreißsaales lag und sich unter den Fußtritten und der Spucke der ventripotenten Harpyien krümmte. Jeden Abend studierte sie ihre Notizen, machte Atemübungen, bis ihr schwindelig wurde, und übte vor dem Spiegel, was sie am folgenden Tag vortragen musste. Ihre Furcht hatte sie erst an dem Tag verlassen, als sie ihren Blick von sich selbst gelöst und unabsichtlich in die angsterfüllten Gesichter einiger Erstgebärender geblickt hatte, die sich unablässig zu fragen schienen, wie es anging, dass sie drauf und dran waren, ein wirkliches Kind hervorzubringen, das nicht nur in ihrer Erinnerung, sondern hier, auf dieser Welt, neben und außerhalb von ihnen leben würde. Da hatte Cyrille das Ruder übernommen. Sie wurde zur absoluten Herrscherin über die Geburten. Dank dieser neuen Macht hielt sie die immer gleichen und trotzdem jedes Mal wieder neuen Vorträge über ein Thema, von dem sie nichts wusste und von dem sie nicht sicher war, ob sie eines Tages sein Geheimnis durchdringen würde. Sie saß auf ihrem Piedestal aus Eisen und Gummi, schwenkte die Fahnen, die der Wehenschreiber bei einer musterhaften Geburt ausspuckte, zeigte, an welchem Punkt der Kurve man atmen und wann man den Atem anhalten musste um zu pressen. Sie war so überzeugend, dass die Frauen gar nicht anders konnten, als die Atembewegungen nachzumachen, die sie ihnen von Fall zu Fall zeigte. Nach einigen Minuten wurde aus dem synchronen Atmen eine leise, schnurrende Musik. Der Anblick all dieser halb offenen Münder und der starren, ausdruckslosen Augen erinnerte sie an eine Hundehütte zur Mittagszeit. Am Ende des Kurses stand Héloïse Oswald als Erste auf und lächelte Cyrille an. Die anderen Frauen unterhielten sich leise und zogen ihre Mäntel an. Cyrille erwiderte das Lächeln und wollte etwas sagen. Ihr Mund öffnete sich, aber nichts kam heraus. Sie konnte ihr schlecht sagen: »Sie sind wirklich sehr hübsch«, oder: »Sie sind das Ebenbild meiner Mutter.«

»Sie sind nicht zufällig verwandt mit Mascha Grossmann«, fragte Héloïse und gab Cyrille mit einen Augenaufschlag zu verstehen, dass sie das an ihren Kittel geheftete Namensschild gelesen hatte.

»Doch«, antwortete Cyrille, »sie ist meine Schwester.«

»Das ist ja unglaublich«, sagte Héloïse, »das ist verrückt, total genial.« Cyrille sah Héloïse an und fragte sich, was daran so verrückt und genial war. Die Stimme gefiel ihr nicht, sie war zu sanft, zu kindlich und hatte eine Art Lispeln, das ihrer äußeren Erscheinung nicht entsprach. Ich nehme ihr übel, dass sie nicht wirklich meine Mutter ist, gestand Cyrille sich ein, und das war, sagte sie sich, wirklich das absurdeste Gefühl, das sie je gehabt hatte.

»Letzte Woche war ich in der Bastille«, erklärte Héloïse. »Ich war begeistert. Ihre Schwester, diese Stimme! Diese unglaubliche Präsenz.«

Genau das sagten die Kritiker auch immer.

»Sind Sie vom Fach?«, fragte Cyrille ohne zu wissen, was ihre Gesprächspartnerin auf diese Frage antworten konnte, da sie ja nicht gesagt hatte, an welches Fach sie dabei dachte.

»Nein, oder doch. Mehr oder weniger. Ich bin Bühnenbildnerin. Ich habe auch schon etwas für den Film gemacht. Aber ich würde so gerne an der Oper arbeiten.«

Cyrille war versucht zu sagen, dass sie nichts für sie tun könne, und dass ihre Schwester ein verantwortungsloses Kind war, das kaum den Namen des Regisseurs kannte, mit dem sie arbeitete, aber Héloïse ließ ihr zum Lästern keine Zeit.

»Sollen wir nicht einen Kaffee trinken gehen? Haben Sie fünf Minuten Zeit?«

Mechanisch sah Cyrille auf ihre Uhr, aber es gelang ihr nicht die Zeit abzulesen. Das Gehirn in ihrem Kopf war wie umgestülpt. Anstatt das Zifferblatt zu fixieren waren ihre Augen tief in die Höhlen eingesunken, hatten sich nach innen gekehrt und versuchten vergeblich zu ergründen, woher dieser Höllenlärm kam. Sie legte die Hand auf ihre Stirn um den wütenden Grubenarbeiter zu besänftigen, der ihr die Hirnrinde zertrümmerte. Sie sah zu der mit herzförmigem Mund vor sich hin pfeifenden Héloïse hinüber und versuchte sich davon zu überzeugen, dass sie nach Zigaretten roch, denn in Wahrheit ähnelte sie ihrer Mutter nicht mehr als ein Huhn einem Geier.

»Ich bin im Dienst«, sagte sie und zog die Augenbrauen zusammen, um zu verhindern, dass der Schmerz von ihrem ganzen Schädel Besitz ergriff. »Aber wir können einen Kaffee aus dem Automaten trinken.«

»Genial!«, sagte Héloïse.

»Ruf mich, wenn was los ist«, sagte Cyrille zu Viviane, als sie am Tresen vorbeiging. »Ich gehe schnell mit Madame Oswald einen Kaffee trinken.«

»Hat sie metaphysische Ängste?«, fragte Viviane mit gedämpfter Stimme.

Cyrille antwortete nicht. Sie begnügte sich damit, bestätigend zu zwinkern.

Cyrille und Héloïse setzten sich an einen niedrigen Tisch auf dem Treppenabsatz, von dem die Flure zu den Zimmern 300 bis 315 abgingen. Cyrille dachte: Möchte diese Frau meine Freundin werden? Wie befreundet man sich eigentlich? Muss ich ihr mein ganzes Leben erzählen oder reichen ein, zwei Liebesgeschichten? Cyrille wusste, dass es nicht zu ihr passte »einen Abend unter Freundinnen« zu verbringen, wie Marion es nannte. Davon konnte übrigens auch keine Rede sein, denn es war nicht Abend, sie befand sich in der Klinik und sah Madame Oswald zum ersten Mal in ihrem Leben. Aber unglücklicherweise war ihr schmerzendes Hirn zu einer solchen Rationalisierung nicht in der Lage. Bilder zogen durch ihren Geist, denen sie keinen Sinn geben konnte. Wiederholte Bilder ihrer Einsamkeit und ihrer Unfähigkeit eine gute Freundin zu sein, wie man es von ihr erwartete. Sie sah sich, wie sie auf dem Schulhof unter einer Regenrinne kauerte und eine Taube ihr mitten auf den Oberschenkel kackte. Sie sah sich selbst, wie sie in der Erdkundestunde neben Valérie Stroem am Tisch saß und mit aller Kraft zu verstehen versuchte, welche Länder zu den Benelux-Staaten gehörten, weshalb sie es nicht schaffte, von den endlosen, monotonen Erzählungen ihrer Nachbarin über ihr Liebesleben mehr als die Hälfte mitzubekommen. So deutlich, dass diese Erinnerung vor allen anderen farbig auf schwarzweißem Hintergrund erschien, erinnerte sie sich an eine Englandreise mit einer gewissen Sylvie, einem kurzsichtigen Albino, über die sie bei sich dauernd sagte: »Dieses Mädchen ist dumm«, und sich gleichzeitig schalt, dass sie so etwas denken konnte.

Héloïse hörte nicht auf zu reden. Das Kapitel Marion-Mascha-Grossmann war rasch abgehakt, jetzt war sie bei ihrer Schwangerschaft und ihrem Baby gelandet, bei Liebe, Leben, Paar, Geld, Angst, Entbindung, Schmerzen, Periduralanästhesie ja oder nein, bei der neuen Wohnung, Jakob, ihrem Mann oder doch nicht, aber das ist ja dasselbe, ihrer Mutter, bei ihrer Arbeit, »als ich das erste Mal spürte, dass es sich bewegt«, der Ergebenheit in ihr Schicksal und der Geburt Fabiens, Sohn ihrer besten Freundin, »aber das habe ich Ihnen doch gerade erzählt, die Tänzerin im Crazy Horse war«. Cyrille sah zu, wie Héloïses Lippen sich bewegten. Von Zeit zu Zeit wiegte sie langsam den Kopf und versuchte sich für diese so ausführliche wie zusammenhanglose Erzählung zu begeistern um dem endlosen Band von Erinnerungen zu entrinnen, das sich dadurch in ihrem eigenen Kopf abspulte. Bei jedem Wort, das die eine aussprach, ertönte im Kopf der anderen echoartig ein anderes. *Schwangerschaft* rief *leerer Bauch* hervor, *Baby – Angst vor Kindern, Liebe – Kummer, Leben – Arbeit, Geld – Marion, Angst – Geheimnis, Jakob Vincent (Cyrilles einzige Leidenschaft), Mutter – Guerlain, Arbeit – Schläfrigkeit; Bewegen* rief *60 Meter in zehn Sekunden* hervor, bravo, Cyrille, du bist eine echte Sprinterin, *Resignation – Studium – Geburt Fabians,* Sohn von Crazy Horse, *beste Freundin* ebenfalls *Einsamkeit,* kein Geheimnis zu verraten, keine Freundin, Egoistin, ich denke nur an mich. Cyrille wollte, dass Schluss damit war. Sie fühlte sich unwohl, als wäre Héloïse das Positivbild ihrer selbst. Am liebsten hätte sie mit der Faust mitten in dieses naive, runde Zeichentrickgesichtchen hineingeschlagen. Sie vergrub ihre Hände in den Taschen – das war schon fast ein Tick – und versuchte ihr Zittern durch den Gedanken zu unterdrücken, dass Héloïse zweifellos riesigen Respekt vor ihr hatte, wegen ihrer Stellung als Hebamme, wegen Mascha und wegen des rosa Kittels.

»Wie sind Sie auf diesen Beruf gekommen?«

»Wie bitte?«

»Ich meine, Hebamme, das ist ein, – wie soll ich sagen? – außergewöhnlicher Beruf. Leben ..., Leben geben, anderen Frauen helfen ...«

»Es ist der älteste Beruf der Welt!«, platzte Cyrille ohne Nachdenken heraus.

Als die nette Héloïse in Gelächter ausbrach, kam es Cyrille so vor, als hätte sie die Wahrheit gesagt. Wie eine Prostituierte war sie von den anderen Frauen abgesondert, weil sie zugleich mehr und weniger als sie wusste, weil sie dafür bezahlt wurde anderen bei etwas zu helfen, das diese anderen von Natur her taten und weil sie dasselbe Verhältnis zu Lust und Sex hatte wie eine Hure: Anatomie, Trivialität, Frustration. Die Analogie erschien ihr so eindeutig, dass sie einen Moment lang das Wichtigste vergaß: Die Prostituierten waren Schauspielerinnen, während sie nur Zuschauerin war. Das Gefühl etwas verstanden zu haben tat ihr so gut, dass sie ebenfalls lachte.

»Nein, aber jetzt mal im Ernst«, fragte Héloïse wieder, »was hat Sie auf diesen Beruf gebracht?«

»Und Sie?«

»Wieso ich? Ich bin doch keine Hebamme. Ich male Bühnenbilder, weil ich schon immer die Malerei geliebt habe. Meine Mutter war Malerin und ... also man kann sagen, dass ich wohl nicht so begabt war wie sie. Die Inspiration, verstehen Sie, was ich meine? Na ja, also ich habe sie eben nicht. So war das Bühnenbild eine Notlösung. Aber ich drücke mich aus, vollkommen. Ich gehe ganz in dem auf, was ich tue, verstehen Sie? Ich habe nicht kapituliert.«

»Ich auch nicht, ich habe auch nicht kapituliert. Ich ... drücke mich vollkommen aus ...«

Was war nur in sie gefahren, dass sie die Wörter der anderen einfach nachplapperte? Wie idiotisch. Hatte sie es nötig sich für eine Künstlerin zu halten? Dachte sie, die Bühnenbildnerin mit dem hübschen Gesicht wäre enttäuscht, wenn sie erführe, dass sie keinen schöpferischen Beruf gewählt hatte?

»Das ist etwas anderes«, begann Cyrille von neuem und versuchte in sich selbst klar zu sehen. »Ich wollte einen wirklichen Beruf ergreifen, also ich will damit sagen, einen handfesten, nützlichen Beruf.«

»Glauben Sie, dass die Kunst zu nichts nütze ist?«

Zweite Anwandlung mitten in das arglose Gesichtchen zu schlagen, wenn möglich mit totalem Zerquetschen der Stupsnase. Was geht mich das an? Glauben Sie, das ist der richtige Ort um über die Legitimität der Kunst zu diskutieren? Wir sitzen auf dem Treppenabsatz einer Entbindungsklinik. Hier werden Kinder geboren und manchmal sterben sie auch.

Doch so konnte Cyrille nicht antworten. Erstens, weil Héloïse so viel Gewalt nicht verdient hatte, und zweitens weil sie nicht davon überzeugt war. Cyrille wusste nicht wirklich, was sie von der Kunst denken sollte. Sie war sich aber sicher, dass sie nicht notwendig vom Treppenabsatz einer Entbindungsklinik verbannt werden musste.

Sie hätte entgegnen können, dass sie entgegen dem Anschein auch einiges gelernt hatte. Sie hatte das Abi und war auf dem Gymnasium nicht schlecht gewesen. Sie war kultiviert, kannte eine Menge Museen in- und auswendig und las amerikanische Romane im Original. Was die Musik betraf, konnte sie alle Rollen aus dem Repertoire ihrer Schwester mit Text singen, die Repliken der anderen Sänger eingeschlossen; wäre sie Bauchrednerin gewesen, hätte sie sogar Duos zum Besten geben können. Aber wozu und vor wem sollte sie sich rechtfertigen? Niemand klagte sie an.

»Ich habe diesen Beruf gewählt, weil ich fühlte, dass ich nichts anderes tun konnte. Tatsächlich habe ich keine Wahl getroffen. Ich tue einfach, was ich kann.«

Héloïse schwieg lange und musterte Cyrille lächelnd.

»Sie sind sehr schön«, sagte sie endlich.

Cyrille errötete. Héloïse betrachtete sie weiter, in ihrer eigenen Schönheit ruhend, die so offensichtlich war, dass man sich dumm vorgekommen wäre, hätte man sie darauf aufmerksam gemacht.

Cyrille machte eine Bauchatmungsübung und versuchte mit gesenktem Blick das Lächeln zu unterdrücken, ihre Lider warteten wachsam auf die Tränen.

»Ist es Ihnen peinlich, dass ich das gesagt habe. Es tut mir Leid, es ist mir einfach herausgerutscht.«

Nein, dachte Cyrille, es ist mir nicht peinlich, dass Sie das gesagt haben. Mir ist aber peinlich, dass ich so überrascht bin, vor den Augen einer anderen Frau als Frau zu gelten.

»Ich bin es nicht gewohnt, dass die Gebärenden, Pardon, ich will sagen die Frauen, die hierher kommen, in mir etwas anderes als eine aufgestiegene Putzfrau sehen. Schlimmer noch! In dem Wort Putzfrau kommt zumindest Frau vor. Eher wie ein Roboter. Manchmal kommt es mir vor, als wäre ich ein Roboter.«

»Ein schöner Roboter also«, sagte Héloïse lachend. »Na ja, ich muss los«, fügte sie hinzu, als sie wieder zu Atem kam. »Ich habe Ihnen schon zu viel Zeit gestohlen.«

»Das macht nichts. Ich habe mich gerne mit Ihnen unterhalten. Sehen wir uns nächste Woche?«

»Nein, nächste Woche fahre ich zu Jakob nach Tours. Ich komme in vierzehn Tagen wieder.«

Cyrille gab Héloïse die Hand und fragte sich dabei, wie sie eine so lange Abwesenheit überleben sollte. Héloïse kniff die Augen zusammen um ihr eine ungeordnete Anzahl verschiedener Gefühle mitzuteilen, dann verschluckten sie die beiden Flügel der Holztür, die ins Treppenhaus führte.

In der Dusche betrachtete Cyrille sich im Spiegel, der an der Wand unter der ausgeschalteten Neonlampe hing. Blaues, winterliches Spätnachmittagslicht zerlegte ihr Gesicht in blaue und braune Dreiecke. Ihre Haut war glatt, ihre Augen standen etwas auseinander und waren leicht asymmetrisch, ihr Mund war rund, ihre Nase kurz und leicht aufgebogen zwischen den hervorspringenden Wangenknochen, ihr Hals war lang, schmal und blass. Sie suchte nach einer Ähnlichkeit, versuchte in Gedanken ihre Haar- und Augenfarbe zu verändern, in der Hoffnung eine Verwandtschaft zu entdecken. Was konnte dabei herauskommen? Marion sah aus wie ihre Mutter und sie wie ihr Vater. Das war nur gerecht, jedem sein Kind. Nur ähnelte Cyrille auch nicht ihrem Vater. Wie denn auch? Er sah aus wie Charlton Heston. Sie ähnelte niemandem. Wenn man Héloïses glattes, zartes und feminines Gesicht hatte, war sicher alles einfach. »Lesbe«, sagte sie sich und erstaunlicherweise rief dieses Wort in ihr nur ein einziges Bild hervor, Vincents kerzengeraden, langen und knochigen Körper mit Schultern, die so weiß waren wie Schwanenflügel. Eine Zeit lang war sie im Besitz der Schönheit gewesen, hatte jedes Mal, wenn sie die Augen aufschlug, fassungslos die Regelmäßigkeit seiner Gesichtszüge bestaunt, dieses beruhigende, perfekte Gleichgewicht der Farben. Rieb sie sich manchmal an seinem Gesicht, kam es ihr so vor, als setzte es sich an die Stelle des ihrigen und wenn sie versuchte sich vorzustellen, wem sie ähnelte, dann sah sie Vincent vor sich. »Er ist ja so schön«, sagte ihre Mutter mit Unglauben in der Stimme zu ihr, weil sie nicht verstand, wie ihr hässliches Entlein so ein großes Los hatte ziehen können. Cyrille lächelte. Es machte sie glücklich, dass auch ihre Mutter Vincent liebte. Keine Sekunde kam ihr der Verdacht, dass sie von einem kleinen Tauschhandel träumte. »Nehmen Sie nur meine Tochter, Madame Alekan, sie ist ein braves Kind, ist sie immer gewesen. Ich behalte dafür Ihren Sohn, Sie haben lange genug Ihre Freude an ihm gehabt.« Als Vincent plötzlich von der Bildfläche verschwunden war, hatte Madame Grossmann das ihrer Tochter persönlich übel genommen. So ein Schlamassel, hatte sie gedacht, während sie Cyrilles Kopf streichelte um sie zu trösten. Hätte ich einen eigenen Sohn, wäre es nicht so weit gekommen.

»Irgendwann kommen alle darüber hinweg«, hatte Marion zu ihr gesagt. »Am Ende wird man immer damit fertig. Sogar mit dem schlimmsten Liebeskummer.«

»Ich nicht«, hatte Cyrille geantwortet. Sie war sich vollkommen sicher, dass die Sehnsucht von nun an ihr Leben einebnen würde; gleichförmig, flach und eng würde es sein, ohne einen einzigen anderen Mann.

»Und warum, bitte schön?«, hatte die ältere Schwester gefragt. »Du bist nicht die Erste, der so etwas passiert, und sicher auch nicht die Letzte.«

»Ich werde nicht darüber hinwegkommen, das ist alles. Und ich verstehe nicht, wie du behaupten kannst, dass alle darüber hinwegkommen. Du kennst doch nicht alle Menschen der Welt. Weißt du überhaupt, wie viele Menschen es auf der Welt gibt? Noch nicht einmal das weißt du. Das weiß keiner.«

»Das hat damit nichts zu tun. Es ist eine Frage der Logik. Wenn nicht alle irgendwann damit fertig würden, wäre das Ende der Welt gekommen. Es gäbe keine Kinder mehr und gar nichts.«

»Aber nicht alle haben großen Liebeskummer.«

»O doch.«

»O nein.«

»Ich werde jedenfalls nie darüber hinwegkommen.«

»Willst du denn eine alte Jungfer bleiben?«

»Findest du, ich sehe aus wie eine alte Jungfer?«

Cyrille wagte nicht, ihre Hände auf die verschiedenen Teile ihres Körpers zu legen, wie sie es sonst getan hätte. Jetzt, wo Vincent sie verlassen hatte, waren ihre Haut, Gedärme und Muskeln der Obszönität preisgegeben. Sie hatten nie miteinander geschlafen und sie würden es nie mehr tun. Ihr Körper war wie ein Tempel voller Götterbilder, nachdem Abraham vorbeigezogen war. Was heilig gewesen war, war jetzt burlesk, lauter Puppen, die sich für Göttinnen hielten, mit Hosenknöpfen an Stelle der Augen und einem kleinen, oberflächlichen Mund aus rotem Filz.

»Das sagst du, weil du noch unter Schock stehst, aber du wirst sehen, in einigen Wochen, Monaten oder von mir aus auch in einem Jahr denkst du nicht mehr so. Du wirst jemanden kennen lernen und alles geht von vorne los.«

»Sei still. Das ist mir egal.«

»Was soll denn aus dir werden?«

»Weiß nicht. Ist mir egal.«

»Du gehst mir auf den Geist.«

»Selber.«

»Du machst es dir zu leicht, das ist kindisch.«

Marion hatte die Tür hinter sich zugeknallt und gedacht, dass ihre Schwester sich für Sarah Bernard hielt, was ihr gar nicht stand. Cyrille streckte sich der Länge nach auf dem Boden aus und heulte. Ein-, zwei-, tausendmal wiederholte sie

Vincent, den Namen ihres Geliebten. Sie wusste nicht, wie sie weiterleben sollte, denn er hatte ihr gesagt, dass er sie nicht mehr liebte, dass sie nichts dafür könne, dass es eben so sei, aus und vorbei, und dass er sie nie mehr lieben werde. Es hätte ihr Tod sein können, wie bei der Fee Clochette, die umso mehr verschwindet, je weniger die Kinder an Feen glauben.

Nur sie allein hatte den Schlüssel zu dieser Geschichte, einen Schlüssel in Herzform.

2

Auf der Fußmatte vor dem Haus ihrer Eltern trat Cyrille sich lange die Schuhe ab. Das Haus ihrer Kindheit. Man ging fort und kam immer wieder zurück. Ein Essen im engsten Familienkreis stand bevor. Das bedeutete Papa, Mama, Marion, Cyrille und sicher noch ein, zwei Fremde, die als Tribut an das Bohème-Leben in den Kokon eindringen durften. Das offene Haus war ein Ideal von Madame Grossmann: Künstler, Intellektuelle oder einfach nur Menschen aus fernen Ländern, die besser Französisch sprachen als Cyrille, jedoch mit starkem Akzent, der ihren Sätzen einen berauschenden Rhythmus verlieh und alles, was sie sagten, brillant, aufregend und exotisch erscheinen ließ. Cyrille wäre gerne mit ihren Lieben alleine gewesen, aber sie hatte es schon lange aufgegeben. Ihre Mutter meinte, Essen im Kreis der Familie seien tödlich, ihre Schwester hielt sie für altmodisch und ihr Vater dachte zwar nichts, war aber sehr zufrieden den Gästen seinen Harem vorstellen zu können.

Mit dem Gefühl indiskret zu sein drehte Cyrille den Schlüssel im Schloss. Es machte ihr Spaß, ausgiebig von ihrer Möglichkeit, unbemerkt bei den Eltern einzudringen, Gebrauch zu machen. Sie konnte den Schließmechanismus so betätigen, dass es fast kein Geräusch von sich gab, und sie konnte auf eines der wenigen nicht knarrenden Bretter des Parketts treten. Dann schloss sie behutsam die Tür und verharrte einige Sekunden um auf die Geräusche des Haushalts zu lauschen, in dem man von ihrer Anwesenheit noch nichts wusste. Einen Schritt von der Tür entfernt mit leicht gespreizten Beinen um das Gleichgewicht zu halten und nicht aus Unachtsamkeit die

Schuhspitze auf ein Brett zu setzen, das sie sofort verraten hätte, hörte sie Gläser klirren und Stimmen, die sich in einem entfernten Kauderwelsch ins Wort fielen. Der Geruch, eine Mischung verschiedener teurer Parfums, war immer noch derselbe. Die Wände des Flurs, auf denen die Bilder so dicht gehängt waren, dass sie fast ein Mosaik bildeten, standen enger beieinander als in ihrer Erinnerung. Als Kind hatte sie immer, wenn sie neue Leute zu sich nach Hause einlud, geglaubt, diese Leute müssten vor Ehrfurcht mausetot umfallen ob der Größe dieses Flurs, der mehr war als Eingang oder Diele; er war ein Zimmer für sich, sagte ihr Vater. Aber nie war jemand tot umgefallen. Betraten die Leute das Haus von Cyrilles Eltern, waren sie schon im Voraus bezaubert, weil sie ein-, zweimal gesehen hatten, wie ihre Mutter sie von der Schule abholte, mit ihren unglaublichen Hochsteckfrisuren, ihren Zorro-artigen schwarzen Velourskappen, ihren Augen, die wie bei einem Filmstar geschminkt waren, und mit ihrem Cabriolet. »Wie schön deine Mutter ist«, sagten sie. Cyrille verstand nicht, warum sie nie sagten: »Wie groß dein Flur ist.«

Einmal war sie, als sie aus der Schule kam, heimlich in den Dielenschrank geschlüpft. Keiner hatte sie gesehen oder gehört. Cyrille war damals in dem Alter, in dem man allein bei der Vorstellung an ein gutes Versteck vor Erregung wohlig erschaudert und sie hatte im Dunkel einige Minuten vollkommenen Glücks erlebt. Dort versteckt zu sein, ohne dass jemand es merkte, war wirklich magisch. Es musste auch magisch sein die Leute ganz nahe an sich vorbeigehen zu hören, ohne dass sie etwas von ihrer Anwesenheit ahnten. Es musste magisch sein zu hören, wie sie ihren Namen nannten, über sie sprachen und langsam unruhig wurden, weil es schon Viertel nach fünf und sie immer noch nicht aus der Schule heimgekehrt war. Nach fünf Minuten war Marion vorbeigegangen. Cyrille hörte, wie sie ihren Mantel nahm, und rief: »Ich mache meine Hausaufgaben bei Sylvie«, und die Tür hinter sich zuzog. Dann war Mama aus ihrem Zimmer gekommen. Sie ging in die Küche oder ins Wohnzimmer, aus dem Schrank heraus war der Unterschied schwer feststellbar. Dann kam sie in den Flur. Einige Sekunden verharrte sie reglos, jedenfalls ohne ein Geräusch zu machen abgesehen von einem seltsamen Kratzen. Fast wäre Cyrille überraschend aus ihrem Versteck herausgesprungen, aber sie musste ihr Verschwinden zu Ende spielen, es ging um ihre Ehre. Ihr Herz pochte heftig und auf ihrem unsichtbaren Gesicht breitete sich ein breites Grinsen aus. »Bestimmt fragt Mama sich, wo ich bleibe. Sie kratzt sich am Kopf, wie sie es immer tut, wenn sie die Schlüssel verlegt hat. Vielleicht sucht sie die Nummer der Schule in ihrem Notizbuch.« So reglos, nur eine Armlänge von ihrer Mutter entfernt, zu verharren, war eine furchtbare Prüfung.

Die Tür fiel ins Schloss. Cyrille begann zu weinen, noch bevor sie verstanden hatte, was passiert war. Sie kletterte aus dem Schrank und fand auf dem Boden eine unter den Teppich geklemmte Notiz ihrer Mutter.

Meine liebe Kleine, ich bin beim Friseur, Marion ist bei Sylvie.
Auf dem Küchentisch steht Kuchen für dich.
Küsschen.

Cyrille hatte den Zettel in acht Teile zerrissen, die sie nacheinander aufaß, und schluckte Rotz und Tränen gleich mit hinunter.

»Guten Tag, Sie sind sicher Maschas Schwester?«, begrüßte sie ein sehr hoch gewachsener und braun gebrannter junger Mann, als er sie starr wie ein Totempfahl mit an die stumme Latte genagelten Füßen überraschte.

»Guten Abend«, sagte Cyrille und streckte ihm die Hand hin, konnte sich aber nicht rühren, denn sie war wie gelähmt, weil man sie zu früh entdeckt hatte.

Der junge Mann ging einige Schritte auf sie zu um ihr die Hand zu geben.

»Daniel Siméon.«

»Cyrille Grossmann.«

»Treten Sie ein, fühlen Sie sich wie zu Hause«, sagte er und nahm ihr den Mantel ab. Er fand sich bestimmt unwiderstehlich.

»Danke.«

Cyrille ließ sich aus dem Mantel helfen und zum Wohnzimmer führen. Die Gläser klirrten noch immer und das Kauderwelsch verwandelte sich in verständliche Wörter.

»Cyrille!«, rief Marion. »Wie hübsch du bist, meine Liebe.«

Cyrille küsste erst Marion, dann ihren Vater, dann ihre Mutter.

»Wir haben gar nicht gehört, wie du hereingekommen bist«, sagte Monsieur Grossmann.

»Sie hat sich im Flur versteckt«, sagte Daniel und fand sich wieder einmal sehr geistreich. »Sie hat uns belauscht.«

Cyrille errötete und wollte sich gerade verteidigen, doch ihre Mutter rettete sie im letzten Moment.

»Ich schenke dir einen kleinen Portwein ein, meine Liebe.«

»Nein, ich möchte lieber Orangensaft. Hast du Orangensaft?«

»Im Kühlschrank, meine Kleine. Cyrille hasst Alkohol«, fügte sie zu Daniel gewandt hinzu.

Alles perfekt, sagte Cyrille zu sich selbst, als sie in die Küche ging. Ich bin abgestempelt. Wie bestellt bin ich in die Kiste gekrochen, die für mich reserviert war: Die komplexbeladene kleine Schwester, die sich im Flur versteckt und nur Orangensaft trinkt. Ich hätte vielleicht eine Chance dieser Einordnung zu entkommen, wenn ich mit einer Heroinspritze im Arm ins Wohnzimmer zurückkäme.

Als sie mit ihrem Kindergetränk bewaffnet wieder ins Wohnzimmer kam, war sie erstaunt über die Szene, die sich ihr dort darbot und sich sofort, wie ein vergilbtes Foto, in ihr Gedächtnis prägte. Papa und Mama jeder in einem Sessel und ihnen gegenüber Marion und Daniel auf dem Sofa, Arm in Arm und lächelnd wie frisch Vermählte. Diesmal herrschte bei den Grossmanns nicht das gewohnte Getümmel, nicht die muntere Menge von Unbekannten jeden Alters und auch nicht das donnernde Gelächter hoch berühmter Schauspieler oder Maler, die Marion in den Hintern kniffen. Dort saß nichts als ein verblüfftes Elternpaar, dabei hatten sie sich ihr ganzes Leben lang darauf vorbereitet, eines Tages zu sehen, wie ihre Tochter ihren zukünftigen Mann mit nach Hause brachte. Man hatte Cyrille nicht vorgewarnt, man tat es nie, wenn Marion siegreich von der Männerjagd zurückkehrte. Aber dieses Mal war es anders. Daniel war gekommen um um die Hand ihrer Schwester anzuhalten.

Cyrille setzte sich auf einen Stuhl und studierte Marions verjüngtes, von allem Ehrgeiz gereinigtes Gesicht, das genau so naiv aussah wie in dem Augenblick, wenn sie den Applaus entgegennahm; in ihrem glücklichen Lächeln deutete sich schon das Erblühen durch die drei Schwangerschaften an, die sie vollkommen zur Frau machen sollten. Sie betrachtete den mageren Daniel, der knorrig und braun war wie eine Libanonzeder, seine perfekten Zähne und leuchtenden Augen, sein ebenso sauberes wie sorgfältig gebügeltes Hemd und seine Knie, die so spitz waren, dass man sich fragte, warum sie den Hosenstoff noch nicht durchstoßen hatten. Bestimmt liefert er die Wäsche noch bei seiner Mutter ab, dachte Cyrille und heftete ihre Aufmerksamkeit auf einen der Perlmuttknöpfe um nicht dem Blick des ihr gegenüber sitzenden Mannes zu begegnen.

Marion und ihre Mutter öffneten im selben Augenblick den Mund und ihre Stimmen mischten sich, sodass sie kein verständliches Wort herausbrachten. Sie lachten und beugten sich auf einander zu. Daniel unterbrach ihren Heiterkeitsausbruch:

»Marion und ich werden in zwei Monaten heiraten.«

Cyrille fragte sich, was in diesen Unbekannten gefahren sein mochte, dass er ihre Schwester Marion nannte. Bis zu diesem Tag hatte sie als Einzige den Kleinmädchennamen der Sängerin beibehalten.

»Mascha, das ist ja wunderbar«, sagte sie und stand auf um ihre Schwester zu umarmen.

Auf einen Verrat mehr kam es Cyrille nicht an. Wenn ihre Schwester entschieden hatte sich von ihrem Mann Marion nennen zu lassen, war es nutzlos, dass sie weiterhin über ihre gemeinsame Vergangenheit wachte. Mascha-Mascha, Mascha-Mascha, wiederholte sie stumm auf die Melodie von Beethovens Fünfter.

Daniel beendete gerade seine Assistenzarztzeit am Hôpital Ternon. Ihre Eltern versicherten, dass er und Cyrille sich zweifellos Anekdoten erzählen könnten. »Unter Kollegen«, ergänzte ihr zukünftiger Schwager und zwinkerte ihr zu. Unter Kollegen, wiederholte sich Cyrille. Was habe ich mit dieser Komplizenschaft zu schaffen? fragte sie sich und sah sich plötzlich selbst vor Augen, wie sie mit dem Rücken am Dielenschrank lehnte, Daniel leidenschaftlich auf den Mund küsste und ihre Finger in seine Seiten krallte; beide trugen ihren Kittel, sie rosa, er weiß, und lächerliche OP-Häubchen. Ich werde verrückt, dachte sie und hatte plötzlich eine klare Vorstellung davon, was Verrücktsein bedeutete. Verrücktsein hieß in einer im Berufsverkehr überfüllten Metro auszurufen: »Hier duftet es nach Mandarine.«

In der Küche half Cyrille ihrer Mutter die Teller auf den Serviertisch zu stellen.

»Hattest du einen schönen Tag?«, fragte Madame Grossmann.

Komm zur Sache, Mama, dachte Cyrille, es ist dir doch piepegal, wie mein Tag war.

»Hmm«, machte Cyrille und legte das Salatbesteck in die Salatschüssel.

»Ich schwöre dir, Mascha wird sich nie ändern!«, rief ihre Mutter bewundernd aus.

Nicht wie ich, dachte Cyrille. Ich verändere mich dermaßen, man könnte meinen, du erkennst mich vom einen auf den anderen Tag nicht wieder. Jetzt zum Beispiel. Weißt du, dass ich ich bin? Kannst du mich von der Putzfrau unterscheiden? Bitte beachte, dass ich deine Tochter bin. Verrückt, wie kurz dein Gedächtnis ist.

»Hat sie denn zu dir was gesagt? So unter Schwestern ...«

»Nein.«

»Aber du hast es geahnt. Oder irre ich mich? Du sahst gar nicht erstaunt aus, als er dir die Neuigkeit verraten hat.«

»Wer?«

»Na der junge Mann!«

Der junge Mann? Seit wann nennt man seinen zukünftigen Schwiegersohn den »jungen Mann«? Cyrille spürte, dass ihre Mutter sich schrecklich anstrengte nicht sie selbst zu sein, und das widerte sie an. Madame Grossmann übte sich in ihrer neuen Rolle einer Frau aus dem Großbürgertum, die sich nicht zwischen marmoriertem Karton und glattem Bristol für die Heiratsanzeigen entscheiden kann. Cyrille hätte alles Mögliche getan, damit ihre Mutter eine ihrer endlosen Zigaretten geraucht, in die sauberen Teller geascht und die Kippe mit einem Dessertlöffel zerdrückt hätte.

»Wie findest du ihn?«.

»Perfekt«, sagte Cyrille, wobei ihr bewusst war, dass ihre Mutter von Daniel sprach, sie aber nur an den Auflauf dachte, den sie soeben aus dem Ofen genommen hatte.

»Zu Tisch«, verkündete Madame Grossmann.

Cyrille lag unter ihrer Decke. Auf dem von ihren Knien gebildeten Höcker lag ein Buch. Von diesem Verlobungsessen war ihr nicht ein Wort in Erinnerung geblieben. Sie begann zu lesen, trotz des regelmäßigen Prickelns, das die Körner des Sandmannes in ihren Augen verursachten. Das Band der Wörter zog durch ihre Netzhaut und entrollte sich jenseits der Augenhöhlen in den Galerien ihrer Gedanken. Die Sätze lösten sich nicht voneinander. Sie waren wie geschmolzene weiche Lava, die einen versteinert. Der Sinn, der eigentlich aus den Zeichen herausspringen sollte, weigerte sich, sich zu organisieren. Die Buchstaben tanzten. Der Schlaf würde sich nicht einstellen und es war besser die Pupillen auf irgendetwas zu fixieren, damit sie ihren Blick nicht ins Innere des Kopfes richteten.

Fetttriefend war das Hähnchen auf den Tisch gekommen und jeder hatte den üblichen bewundernden Seufzer ausgestoßen. Ohne ein Wort hatte Madame Grossmann Daniel das Tranchiermesser gereicht, während Monsieur Grossmann seine Hände zu beiden Seiten seines Tellers hinlegte. Cyrille hatte die großen, behaarten Hände ihres Vaters betrachtet. Sie sahen ungeschickt aus, weil sie plötzlich ihrer gewohnten Funktion beraubt waren. King Kong fiel ihr ein, der so lächerlich erscheint, sobald Jessica Lange ihn zwingt seine wilden Manieren abzulegen. Als sie zu ihrer Mutter aufblickte, entdeckte sie voller Entsetzen auf ihrem Gesicht das triumphierende Lächeln des Weibchens, das der Überlegenheit des stärksten Männchens ein Ende bereitet.

Es gab keinen Zweifel, Daniel war begabt und Cyrille glaubte in seinen Handbewegungen die Präzision des Medizinstudenten wieder zu erkennen, der im Obduktionssaal sorgfältig Leichen seziert und so tut, als wäre das Unterhautfettgewebe nicht mehr und nicht weniger als die Seiten eines Anatomielehrbuches. Mühelos gelang es ihm den Körper zu zerteilen, ohne dass sich das leistete Knacken vernehmen ließ. Die knusprige Geflügelhaut, die Monsieur Grossmanns Hände jahrelang archaisch zerrupft hatten, sodass sie vom Fleisch gelöst seitlich auf den Teller gerutscht war, gehorchte heute den Messerschnitten und entblößte die Fleischstücke nicht.

Nach beendeter Operation legte Daniel sein Werkzeug weg und rieb sich die Hände. Seine langen Finger glänzten nicht. Cyrille krampfte sich das Herz zusammen, als sie zusah, wie das zergliederte Tier den Tisch in Richtung Madame Grossmann überquerte um verteilt zu werden. Ich habe keinen großen Hunger, dachte Cyrille, als sie ihrer Mutter den Teller reichte, aber sie sprach es nicht aus. Sie senkte den Blick auf das weiße Stück Fleisch, das man ihr zugedacht hatte, und fragte sich eine Weile, ob das wohl die Brust oder der Rücken des Tieres war.

3

»Meine Schwester heiratet«, sagte Cyrille zu Viviane, als sie sich den Kittel anzog.

»Wie ist er?«

»Nicht übel. Gar nicht übel.«

»Ja, aber wie ist er. Los, mach schon, beschreibe ihn mir.«

»Er trägt ein extrem sauberes weißes Hemd. Fast wie gestärkt, verstehst du? Er ist der Typ, der seine Wäsche so lange seiner Mutter zum Bügeln gibt, bis sich seine Frau darum kümmert.«

»Sieht er gut aus?«

»Nicht schlecht.«

»Groß?«

»Ja.«

»Ein bisschen genauer, Herrgott noch mal. Du kannst vielleicht schlecht beschreiben.«

»Braun, mager, schwarze Augen ...«

»Ist er nett?«

»Warte, ich bin noch nicht fertig. Er hat sehr glänzende lockige Haare. Bestimmt wäscht er sie jeden Morgen. Sein Bart wächst sehr dicht. Auch wenn er sich jeden Tag rasiert, hinterlässt er einen grauen Schatten auf seinen Wangen. Er hat große Hände mit zarten Fingern und runden Fingernägeln ... Nein, nicht wirklich rund, eher konvex, wie kleine Hügel.«

»Bist du verliebt oder was?«, fragte Viviane ohne weiter zuzuhören. Ihrer Meinung nach fing man nur dann an sich für die Hände eines Mannes zu interessieren, wenn einen die Lust überkam, dass er einen damit berührte.

»Nein, er wird meine Schwester heiraten. Du hast mich gebeten ihn dir genau zu beschreiben, und das tue ich jetzt. Ach ja, ich habe noch vergessen zu sagen, dass er gerade seine Assistenzarztzeit im Ternon-Krankenhaus beendet.«

»Welche Fachrichtung?«

»Weiß nicht. Vielleicht HNO. Er sieht nach HNO aus.«

Viviane nickte, als ob sie sich dank dieser letzten Präzisierung endlich ein Bild machen könnte.

»Und wann soll die Hochzeit sein?«

»In zwei Monaten, glaube ich.«

»Sieh mal an, das geht aber verflixt schnell. Meinst du nicht, deine Schwester ist vielleicht ...«

»Meine Schwester ist was? Schwanger? Bestimmt nicht. Sie weiß kaum, wie man Kinder macht. Na ja, denke ich mir so.«

»Dann hast du wirklich Glück, denn du bist die Einzige. Die sich etwas denkt, meine ich.«

»Danke, Viviane, mir wird richtig warm ums Herz.«

»Weißt du schon, was du anziehst?«

»Nein. Vielleicht ein Kleid.«

Cyrille blickte auf ihre Basketballschuhe hinunter und sah ihre Füße wie die Aschenputtels in ein Paar winzige blaue Velourslederpumps schlüpfen. Dann stellte sie sich ihren Körper ebenfalls in ein blaues Samtkleid gehüllt vor, mit einem so tiefen Ausschnitt im Rücken, dass er den Übergang des Kreuzes zum Hintern freilegte. Am tiefsten Punkt dieses Dekolletés waren gelbe Seidenblumen befestigt, die sich im Rhythmus der Schritte bewegten wie Geranien im Wind. So ein Kleid gibt es nicht, dachte Cyrille. Ich werde es schneidern lassen müssen.

»Ich habe eine Adresse für dich, wenn du willst«, sagte Viviane. »Ein wirklich geniales Lager von Kleidern ohne Markenzeichen. Da findest du ein Dior für weniger als zweitausend Francs.«

»Nein, ich möchte etwas wirklich Besonderes. Ich muss noch darüber nachdenken.«

Cyrille konnte sich die Hochzeit ihrer Schwester nur wie die Bälle aus den Märchen vorstellen, die ihre Kindheit bevölkert hatten. Kristalllüster würde es geben, Wiener Walzer,

Champagner, der sich aus einem Platinbrunnen auf veritable Kaviarbeete ergoss, Parkett, das die Damen mit ihren Absätzen perforierten, Rosenblätter, die von der Decke regneten, alle zwei Meter ein dienstbarer Ritter und das Gelächter junger Mädchen, die glauben mit der ganzen Welt geschlafen zu haben, nur weil sie nacheinander den Arm von drei verschiedenen Kavalieren genommen hatten.

»Wie du willst«, sagte Viviane, »aber vergiss nicht mich zu fragen, wenn du deine Meinung änderst. Da kann man wirklich ein gutes Geschäft machen.«

»Geschäft ist Geschäft!«, rief Cyrille. Wäre Daniel Siméon dabei gewesen, hätte er vielleicht gelacht. Das war genau seine Art Humor.

Viviane sah sie einen Augenblick mit leicht schief gelegtem Kopf an. Cyrille tickte nicht mehr richtig.

»Zeit für die Verordnungen«, sagte sie, als wollte sie die Verwirrung ihrer Kollegin in das beruhigende Einerlei der Arbeit überführen.

»Du nimmst die 307«, sagte Cyrille. »Ich will diese Robbe nicht mehr sehen.«

Cyrille ging in das Zimmer der 315. Die junge Frau, die vor zwei Tagen entbunden hatte, saß mit schwarzen Ringen unter den Augen auf ihrem Bett, ihre kleinen, zitternden Hände lagen auf ihren Knien. Sie lächelte Cyrille zu und formulierte eine Begrüßung, deren Klang es nicht über den Rand ihrer Lippen hinaus schaffte. Laut Karte war sie dreißig, aber sie sah wie sechzehn aus. Im Gesicht hatte sie keine einzige Falte, ihr Körper wirkte zerbrechlich und sie kauerte sich zusammen wie eine Jugendliche, die es noch nie gewagt hat das Wort an einen Fremden zu richten. Zu ihren Füßen auf dem Rücken lag das Baby. Es war groß und kräftig, ein schöner, fast vier Kilo schwerer Säugling. Seine Arme und Beine bewegten sich im Takt einer geheimen Musik, vor allem seine Hände schienen, wenn sie sich unvermittelt zur Zimmerdecke hoben, ein unsichtbares Orchester zu dirigieren. Er weinte nicht. Seine Augen standen weit offen und von Zeit zu

Zeit gähnte er herzhaft. Sein Mund öffnete sich, als wollte er weinen, dann schloss er sich wieder, ohne dass der leiseste Seufzer zu hören war. Traurig sah seine Mutter ihn an, wie einen Teil ihrer selbst, den man ihr plötzlich amputiert hatte. Auch Cyrille fand es wenig wahrscheinlich, dass der mickerige Körper der 315 diesen kleinen, rosigen und starken Jungen ausgetragen haben sollte, der am Fußende des Bettes lag. Ein Fall von Parthenogenese, dachte sie. Die Frau da hat sich nicht fortgepflanzt. Sie hat sich geteilt und hier sieht man das Ergebnis. Sie hat alles hervorgeholt, was an Männlichem in ihr steckte, und jetzt ist sie matt und schlapp wie ein siamesischer Zwilling, den man nach der Teilung auf die Schnelle wieder zusammengenäht hat.

Cyrille zwang sich zu lächeln, ging auf das Bett zu und sah, dass das Baby schmutzig war. Ein kreisförmiger, schwarzer Fleck zierte seinen weißen Strampler.

»Er müsste gewickelt werden«, sagte sie zur 315 und versuchte dabei so wenig autoritär wie möglich auszusehen.

»Ich kann nicht«, erwiderte die kleine Frau. Ihr Kinn zuckte.

»Hat die Säuglingsschwester Ihnen nicht gezeigt, wie man das macht?«

»Doch.«

»Und? Können Sie es nicht? Sie müssen sich nicht aufregen. Am Anfang ist das normal. Es ist ein sehr schönes Baby.«

»Können Sie das nicht machen?«, fragte die Frau und schlug die Augen nieder.

Cyrille nahm den weichen, robusten Körper hoch. Dieses Kind in den Händen zu halten war eine wahre Freude. Seine Haut war weich und völlig faltenlos. Während sie es säuberte, lächelte es sie an und sein bereits durchdringender, lustiger Blick machte ihr Angst. Wie dumm. Es gab keinen Grund verrückt zu spielen. Kinder mit übersinnlichen Kräften waren etwas für Horrorfilme im Samstagnachtprogramm.

Als sie es wieder angezogen hatte, sah Cyrille erneut zur Mutter hinüber. Jetzt weinte sie und grunzte dabei leise, wie ein Hund.

»Das ist Ihr Beruf«, sagte sie mit tränenerstickter Stimme. »Also ist es normal, dass Sie wissen, wie man das macht. Ich hab das nicht gelernt. Ich kann nicht. Ich werde es niemals können.«

Cyrille bereute ihre geschickten Bewegungen und sagte sich, sie hätte besser daran getan, das Kind zu misshandeln und zum Weinen zu bringen. Ihr Berufsehre stand nicht über allem anderen.

Sie nahm das Baby, drehte es auf den Bauch, legte eine Hand unter seine Seite und warf es seiner Mutter an die Brust. Durch das Gewicht kippte die Frau nach hinten und fand sich mit überkreuzten Armen gegen das Kissen gepresst wieder. Cyrille blieb noch einen Augenblick im Zimmer, lange genug um zu sehen, wie der wissende Mund des Säuglings humorvoll und lüstern an der Schulter seiner Mutter saugte, und wie die Mundwinkel der eingeschüchterten Frau sich zu einem zaghaften, animalischen Lächeln hoben.

Mission erfüllt, sagte sie zu sich, als sie die Tür schloss. Sie war gut in ihrem Beruf. Es gab keinen Grund nicht auf ihre Fähigkeiten stolz zu sein. Und dennoch hatten ihre geschwellte Brust und ihr selbstgefälliges Grinsen auf dem Flur einer Entbindungsklinik nichts zu suchen. Sie hatte schlicht und einfach ihre Pflicht getan und ein solcher Erfolg war nichts wert, solange er nicht erzählt wurde. Aber wem hätte sie davon erzählen können? Es interessierte niemanden. Der 315 selbst dürfte nicht bewusst geworden sein, was sich abgespielt hatte. Wenn ihr Mann sie besuchte und sie fragen sollte, ob man sie gut behandelte, ob sie alles habe, was sie brauche, ob die Schwestern nett seien, würde sie ihm sicher nicht von Cyrille erzählen. Sie würde sich damit begnügen unter dem verblüfften und tränenfeuchten Blick des Papas ihren Sprössling mit kundiger Hand zu wickeln.

In diesem Augenblick erschien Héloïse Oswalds Gesicht wie eine Seerose auf der grauen Wand des Flurs. Héloïse würde ihre Freundin werden. Cyrille würde ihr alles erzählen. Durch ihre Bescheidenheit würde sie die junge Frau zu immer leidenschaftlicheren Lobreden auf ihre Arbeit provozieren.

»Deine Arbeit, immer nur deine Arbeit. Als gäbe es nichts anderes in deinem Leben«, hätte ihre Mutter gesagt.

»Was soll ich dir denn sonst erzählen?«

»Ich weiß nicht. Neuigkeiten, was gibt es Neues?«

»Was soll das heißen, ›Neuigkeiten‹. Einmal wöchentlich sehen wir uns oder telefonieren. Was soll mir denn deiner Meinung nach in der Zwischenzeit passieren. Wenn ich im Ausland lebte, könnte ich das verstehen, aber ich bin hier, ich rühre mich nicht vom Fleck, ihr wisst über alles Bescheid.«

»Man weiß nie alles«, gab ihre Mutter in argwöhnischem Tonfall zurück. »Ich kann verstehen, dass du uns auf Abstand hältst. In deinem Alter ist das normal. Na ja, du bist keine Jugendliche mehr, aber es scheint, dass die Ablehnung der Eltern, die Krise, wenn du so willst, weit über die Volljährigkeit hinaus andauert. Du warst so süß, als du klein warst. Du hast mir alles erzählt. Weißt du noch?«

Cyrille erinnerte sich. Immer wenn ihre Mutter sie nach Schulschluss ausfragte, zählte sie eine lange Liste von Tätigkeiten für sie auf: Lesen, Zeichnen, Einmaleins, Ausschneiden, Spielen.

»Nach dem Abendessen bist du auf den Stuhl geklettert und hast uns die Lieder vorgesungen, die du in der Schule gelernt hast. Du warst lustig, ein richtiger Clown. Übrigens wolltest du damals Clown werden.«

»Nein.«

»Was soll das heißen, nein?«

»Ich wollte nie Clown werden. Mascha wollte Clown werden. Ich wollte Spielzeugverkäuferin werden.«

»Ach, ja, vielleicht hast du Recht.«

Zumindest würde Héloïse nicht so tun, als würde sie Cyrilles Gedächtnis bewahren. Sie würde ihr erzählen können, was sie wollte, ohne zu lügen. Héloïse würde nicht nachfragen, sondern nicken und darauf warten, ihre eigenen Erlebnisse zum Besten zu geben.

»Aber wenn ich dich so sehe, kann ich nicht umhin zu denken, dass etwas in dir zerbrochen ist. Macht es dir etwas aus, dass deine Schwester heiratet? Ist es schwer zu akzeptieren?«

»Nein.«

»Das ist keine Antwort, meine Kleine. Als Kind hatte man keine Schwierigkeiten mit dir. Was hattest du für eine Phantasie! Weißt du, es ist normal, dass deine Schwester vor dir heiratet. Immerhin ist sie vier Jahre älter als du. Mir scheint, das vergisst du manchmal.«

»Ich finde es gut, dass sie heiratet. Wenn es ihr Spaß macht.«

»Also so was Dummes. Natürlich macht es ihr Spaß. Aber das ist kein Grund dich selbst zu vernachlässigen. Verstehst du? Du musst aufhören zu denken, dass Mascha bevorzugt wird. Du hast enorme Möglichkeiten. So gute Anlagen wie du sie hast, gibt es nicht alle Tage. Und du weißt, wie sensibel ich für Schwingungen bin.«

»Ja.«

»Und?«

»Was und?«

»Oh, nichts. Kommt jetzt alle zu Tisch.«

Zwei Wochen warten. Noch etwas mehr als vierzehn Tage und sie konnte endlich auspacken. Sie wollte sich nicht brüsten, sondern nur von den bescheidenen Triumphgefühlen erzählen, die sie manchmal empfand; sie wollte sie in Einakter verwandeln, von denen sie eher Erzählerin als Heldin war. Héloïse würde ihr zuhören. Da gab es keinen Zweifel.

Zwei Wochen waren nichts. Man brauchte nur dahinzuleben und ohne sich den Kopf zu zerbrechen all das zu tun, woran Körper und Geist sich gewöhnt hatten. Cyrille verwandelte sich in ein Pferd mit Scheuklappen, das mit dem Maul im Hafersack vorwärts läuft ohne die Landschaft zu bemerken und nur auf die hier und da über den Weg verstreuten Kiesel und Grasbüschel achtet. Um gute Laune zu bekommen, musste sie einfach nur Héloïses Namen vor sich hin sagen. Und wenn sie sich nicht traute selbst zu sprechen? Was machte das schon. Sie würde zuhören. Sie durfte sich nicht blöd vorkommen, wenn diese Aussicht sie sehnsüchtig stimmte, so wie sie im Alter von zehn Jahren gleich am ersten Schultag ihre Auserwählte für das Jahr erkoren hatte. Für solche Verstiegenheiten gab es kein bestimmtes Alter. Zwar waren die meisten dieser programmierten Freundschaften gescheitert, aber immerhin konnte sie sich sagen, dass sie jetzt reifer war und zur Welt der Erwachsenen gehörte, die sie einst so angewidert hatte, und wusste, wie man Kleinlichkeit, Eifersucht und Grausamkeit vermied, die während ihrer ganzen Kindheit und Jugend ihre Gefühle entstellt hatten. Sie ging zwischen Kreißsaal, Krankenzimmern und Säuglingszimmer hin und her. Sie ging nach Hause, schlief, bekam eine Einladung für Maschas Liederabend, dann einige Tage später die Karte mit der Heiratsanzeige. Alle fanden sie gut gelaunt und bei bester Gesundheit, wie man sie lange nicht gesehen hatte. Bei einem Essen, das ein weiteres Mal Eltern und zukünftigen Schwiegersohn zusammenbrachte, ging ihre Mutter sogar so weit ihr zu sagen, dass sie strahlend schön sei. »Du hast einen wundervollen Teint«, rief sie plötzlich unvermittelt aus. »Du bist so hübsch mit deinen kurz geschnittenen Haaren, wie ein kleiner Junge. Man könnte dich für eine Sechzehnjährige halten.« Cyrille war nicht rot geworden. Lächelnd strich sie sich mit einer Hand durchs Haar. Sie fing Daniels Blick auf, der wie ein Spatz auf ihrer Brust ruhte. Als sie ins Badezimmer ging, erhaschte sie einen Blick auf ihr Spiegelbild und fand sich einfach unwiderstehlich. Zur Krönung des Ganzen fehlte ihr nur noch ein Mann. Cyrille spürte, dass ein Fingerschnippen genügen würde, damit sie sich irrsinnig verliebte.

Viviane konnten solche Kleinigkeiten natürlich nicht entgehen und sie lud sie ein mit ihr tanzen zu gehen.

»Du wirst sehen, das ist ein *supernetter* Schuppen.«

»Ganz bestimmt«, sagte Cyrille. »Nur das Wort Schuppen kommt mir etwas merkwürdig vor. Ein Schuppen …, das erweckt nicht wirklich den Eindruck, als würde man tanzen gehen. Findest du nicht?«

Viviane brach in Gelächter aus,

»Das ist *irre*«, sagte sie. »Du hast wirklich einen unglaublichen Humor. Du wirst Jean-Marc bestimmt gefallen«, fügte sie noch hinzu, »Auf seine Art ist er auch ein Komiker.«

Das war es also. Der Schuppen war nur eine Beigabe. Die eigentliche Absicht war sie mit dem Mann ihres Lebens bekannt zu machen, einem gewissen Jean-Marc, auf seine Art ein Komiker, dem sie gefallen und der sie auf der Stelle heiraten würde. Sie und Mascha konnten sogar eine Doppelhochzeit feiern.

»Willst du mich unter die Haube bringen?«, fragte Cyrille Viviane und schlang ihren Arm um den ihrer Kollegin.

»Genau das habe ich gesagt. Immer musst du übertreiben. Tanzen gehen heißt einfach nur tanzen gehen.«

»Tanzen gehen«, wiederholte Cyrille, »ich habe es notiert.«

Vivianes Wohnung war tipptopp sauber und aufgeräumt. Wenn man sich auf die nachgemachten Bistro-Stühle aus hellem Holz setzte, gewann man den Eindruck, dass jedes Möbelstück und jeder Gegenstand gerade neu gekauft worden war. Kein Kratzer auf der Kommode, kein Fleck auf dem Teppichboden. Auf dem Tisch aus Kiefernholz brannte eine Duftkerze und ohne zu wissen, ob es an dieser Kerze oder an der Porzellanpuppe lag, die auf dem Schrank thronte, hatte Cyrille den Eindruck, dass dieses Appartement die genaue Nachbildung des Kinderzimmers ihrer Kollegin war. Es herrschte dieselbe Atmosphäre; Cyrille hätte nicht sagen können, was genau es war. Das Gefühl in diesem Augenblick erinnerte sie daran, wie sie als Kind einige Male zu Besuch bei Mädchen gewesen war, die sie danach nie mehr wieder gesehen hatte. Wenn sie anlässlich eines Geburtstages oder einer Einladung zum Tee in eine fremde Wohnung kam, ließ sie sich viel Zeit, die Teppiche und, wenn möglich, das Innere der Küchenschränke zu inspizieren. Bei den anderen war alles immer so sauber und ordentlich, jedes Ding war an seinem Platz und der Nippes stand im Vitrinenschrank. Bestimmt gab es bei Viviane nicht, wie bei ihr zu Hause, dicke Fliegen im Sommer und eine Ameiseninvasion zu Beginn des Frühlings. Mülleimer, Kühlschrank, schmutzige Wäsche, alles war penibel unter Kontrolle. Ihre Berufung ging über ihr berufliches Engagement hinaus, übertrat die Grenzen des Krankenhauses und machte auch alles Übrige aseptisch. Haus, Kleidung, Verabredungen – alles perfekt.

»Schmink dich doch ein bisschen, ich bitte dich«, sagte Viviane, als sie aus der Dusche kam. »Ich habe doch schon gesagt, du kannst mein Schminktäschchen benutzen. Ich habe alles, was man braucht. Außerdem hast du braune Haare wie ich, wir haben die gleichen Farben.«

»Lieber nicht«, antwortete Cyrille.

»Aber ich habe dich noch nie geschminkt gesehen. Ich bin sicher, das steht dir *supergut*. Ich helfe dir, wenn du willst. Ich will deine Kosmetikerin sein. Du bleibst sitzen, und ich mache dich zurecht. Ein ganz leichtes Make-up. Ich respektiere immer die Persönlichkeit meiner Kunden«, fügte Viviane hinzu und reichte Cyrille einen Taschenspiegel.

Cyrille ließ es über sich ergehen. Sie schloss die Lider, öffnete den Mund, sah nach oben, presste ein Papiertaschentuch zwischen ihre rot bemalten Lippen, drehte den Kopf nach rechts und nach links und ließ sogar zu, dass der Kamm der Kollegin ihre kurzen Haare entwirrte.

»Bitte schön, Madame. Ich hoffe, die Dame ist zufrieden. Und die erste Sitzung ist auch noch gratis.«

Cyrille hielt sich den Spiegel vor, den sie zu Beginn der Operation auf ihre Knie gelegt hatte, betrachtete sich und musste heftig schlucken. Sie sah aus wie fünfundvierzig.

»Gefällst du dir? Weißt du, dass du wundervolle Augen hast? Ich gestehe, dass mich das am Anfang etwas gestört hat, dein …, na ja, du schielst ja nicht wirklich …«

»Mein Auswärtsschielen?«

»Ja genau. Zuerst ist es etwas irritierend, aber wenn man sich daran gewöhnt hat, ist es eigentlich sehr hübsch. Es gibt dir ein gewisses Etwas. Siehst du die Linie, die ich mit dem Eyeliner gezogen habe? Das kriege ich bei mir selbst nie so hin.«

»Ich muss mich erst dran gewöhnen. Findest du nicht, das macht mich alt?«

»O nein, überhaupt nicht. Es macht dich strahlender. Doch, doch, ungelogen. Es ist erstaunlich. Aber warte, ich bin noch nicht fertig«, fügte Viviane hinzu und ging zu ihrem Kleiderschrank. »Mir fällt gerade ein kleiner ..., warte, gleich hab ich ihn ... Hier!«, rief sie und zog eine nachtblaue Stoffkugel aus einem Fach. »Sieh doch nur, dieses kleine Bustier. *Genial*, was?«

Cyrille lächelte ohne die lippenstiftverklebten Lippen auseinander zu bringen.

»Für mich ist er ein wenig knapp«, sagte Viviane, »aber er ist super. Er wird dir passen wie angegossen. Los, probiere ihn mal an.«

So wie die Lage ist ..., dachte Cyrille, als sie ins Bad ging um sich umzuziehen.

»Siehst du, ich hab's doch gesagt!«, rief Viviane aus, als sie ihre mit dem Bustier bekleidete Kollegin wieder herauskommen sah, mit hochgezogenen Schultern und an den Körper gepressten Armen. »Komm, beweg dich ein bisschen, mal sehen, wie das in der Bewegung aussieht. Los, bleib nicht so stocksteif stehen. Du stellst dich an wie ein Kind.«

»Was soll ich denn machen?«, fragte Cyrille.

»Ich weiß nicht, heb mal die Arme hoch. Denk dran, wir gehen heute Abend tanzen.«

Cyrille gehorchte. Sie hob die Arme und wand von der Taille aufwärts ihren Körper.

»Schneller, schneller«, ermutigte sie Viviane. »Was führst du mir denn da vor? So tanzen Oma und Opa.«

Cyrille begann noch einmal etwas lebhafter, Viviane stimmte *Be-bop-a-lula* an und klatschte in die Hände. Wie sehe ich aus, fragte sich Cyrille und wiegte sich in den Hüften. Aber bevor sie noch eine Antwort darauf finden konnte, verrutschte bei einer Bewegung, die heftiger war als die anderen, der Gummizug des Bustiers und entblößte ihre Brust.

Sofort bedeckte sie ihre Brüste mit den Händen und spürte, wie sie errötete.

»Ach komm schon, das macht nichts«, sagte Viviane und wollte sie am Arm nehmen. »Wir sind doch unter Mädchen.«

Cyrille wich ihr geschickt aus, ging ins Badezimmer und schloss sich ein.

»Was ist bloß in dich gefahren«, sagte Viviane zu Cyrille, als sie aus der Metro kamen. »Das stand dir doch sehr gut. Womit hast du dir das Gesicht gewaschen? Du bist voller roter Flecken. Nicht zu reden von den Augen. Aber jetzt weine doch nicht schon wieder, wir sind gleich da, schau, siehst du das Café da hinten?«

Cyrille nickte.

»Und die beiden Typen da im Aquarium, siehst du die auch? Das sind also unsere Kavaliere für diesen Abend, bleib mal kurz stehen, damit wir den Schaden begrenzen können.«

Cyrille schniefte, presste die Fäuste auf die Lider und lächelte Viviane zu.

»Entschuldige«, sagte sie. »Ich weiß nicht, was los ist. Ich bin das nicht gewöhnt.«

Viviane klopfte ihr auf die Schulter und zog sie hinter sich her.

»Macht nichts«, sagte sie, »wir lassen uns den Abend nicht verderben, was?«

Cyrille bewegte verneinend den Kopf und ließ sich zum gegenüberliegenden Bürgersteig führen.

Cyrille musterte Jean-Marc, der seinerseits Michel nicht aus den Augen ließ und sich an ihn hängte wie an eine alte Boje, an die er gewöhnt war. Er hatte blonde, strohige Haare und ein schönes, dreieckiges Gesicht. Vor allem seine Hände waren feingliedrig und beweglich und Cyrille sagte sich, dass sie es schlechter hätte treffen können. Er bot ihr eine Zigarette an. Sie nahm sie. Viviane zog erst die Augenbrauen zusammen, dann hob sie sie. Cyrille zwinkerte ihr zu und bat sie so, keine Bemerkung zu machen. Gleich beim ersten Zug bekam sie Herzschmerzen und spürte, wie sie schwankte. Sie klammerte sich mit einer Hand an die Bank und richtete den Blick zur Decke. Der Stuck verformte sich und Cyrille hatte das Gefühl zu fallen. Sie nahm einen zweiten Zug, und der Rauch brannte in ihren Augen. Um die Tränen zurückzuhalten, schloss sie die Lider. Der Schwindel wurde stärker, verwischte die Grenzen ihres Körpers und machte sie taub und blind.

Jean-Marc und Michel sprachen von einer Band, einer Jazzband. Viviane nickte begeistert. Vermischt mit dem Tabak schmeckte der Orangensaft scheußlich. Cyrille fühlte sich wie eine Labormaus, an der man die Wirkungen eines neuen Medikamentes testet. Sie versuchte, sich so wenig wie möglich zu bewegen. Die einzigen Laute, die sie von sich gab, war das Gluckern ihres Magens. Sag was, dachte sie. Sie hob die Hand um den Ober herbeizurufen und bezahlte die Rechnung.

»Ihr seid meine Gäste«, rief sie mit pelzigem Gefühl im Mund.

Die beiden Männer lächelten ihr zu. Sie hätte besser geschwiegen.

Michel fuhr. Viviane saß vorne bei ihm. Cyrille und Jean-Marc saßen wie die Kinder hinten und klammerten sich an den Sitz, damit sie sich in einer zu scharfen Kurve nicht zufällig berührten. Sie sahen sich nicht an und sprachen kein Wort miteinander. Als Komiker ist er eine Niete, sagte Cyrille zu sich selbst, als wäre sie von der Schüchternheit ihres Kavaliers enttäuscht. Dabei hätte er genauso gut einäugig sein können, fett, ein Stotterer oder alles zusammen. Was konnte das schon ausmachen? Ihr Leben stand nicht auf dem Spiel. Sie machte nur einen kleinen Umweg auf dem Weg zu Héloïse und musste dafür noch nicht einmal ihre Scheuklappen abnehmen. Um sich selbst davon zu überzeugen, brauchte sie sich nur immer den höchst spirituellen Spruch vorzusagen, den Viviane an diesem Nachmittag geprägt hatte: »Tanzen gehen heißt einfach nur tanzen gehen.«

Als sie in den Keller hinunterstiegen, verfehlte Cyrille eine Stufe und fiel mit dem Kopf voran gegen Jean-Marc. Gerade als er sie am Arm fasste und fragte, ob sie sich auch nicht wehgetan habe, öffnete sich eine Tür am Fuß der Treppe und entließ eine Geruchsmischung aus Urin und WC-Stein, Duftnote Rose. Cyrille verzog das Gesicht, massierte sich den Knöchel und bedauerte sich nicht das Bein gebrochen zu haben. Die Vorstellung eines Krankenwagens, der sie auf einer von einem weißen Laken mit Bügelfalten bedeckten Trage liegend weit fort bringen würde, erschien ihr als der einzig mögliche Ausweg.

»Na, na, kein Tropfen Alkohol und schon blau?«, rief Michel ihr zu.

Cyrille biss die Zähne zusammen und sah am Lächeln von Vivianes Liebhaber, dass er scherzte, so wie ein Fünfzehnjähriger lieber verletzend wird, wenn ihm etwas peinlich ist, als dass er für einen Schwachkopf gehalten wird. Sie lächelte ebenfalls, strich sich mit der Hand durchs Haar und riss übertrieben die Augen auf.

»Kommt ihr oft hierher?«, fragte sie Jean-Marc.

Er nickte.

»Heute Abend spielen Kumpel von uns«, fügte er hinzu.

Cyrille hob fragend die Augenbrauen um zu zeigen, dass sie interessiert war, aber Jean-Marc sagte kein Wort mehr. Er besorgte ihr einen Platz auf einer Bank und ließ sie sitzen um seine Begrüßungsrunde zu machen.

Mit übereinander geschlagenen Beinen, von der Musik brummendem Schädel und vom Zigarettenqualm geröteten Augen sah sie zu, wie Michel und Jean-Marc zwischen den Tischen hin- und hergingen und die Hände anderer, ihnen ähnelnder Männer schüttelten, wobei sie nach örtlicher Sitte die Daumen umeinander schlangen und die Fäuste gegeneinander schlugen. Sie fragte sich, ob sie sich wohl auch geheime Namen gaben wie die Pfadfinder.

An der Bar saß Viviane mit einer Pobacke in kippeligem Gleichgewicht auf einem zu hohen Hocker, hatte eine Schulter entblößt und bewegte den Kopf im Rhythmus der Musik. Diese Viviane war anders als die ihr bekannte und Cyrille hatte den Eindruck, als wäre dies die wahre Viviane: Sinnlich und lässig warf sie ihre Locken nach hinten um ihr Gesicht besser zeigen zu können, wenn jemand es schaffte sie zum Lachen zu bringen.

Auf der Bühne spielten fünf Musiker. Sie hielten die Augen geschlossen, einige standen, die anderen saßen, aber alle hatten einen Hut auf. Sie öffneten die Augen nur um einen kurzen Blick nach rechts oder links zu werfen, Tonart, Tempo, Anfang oder Ende eines Solos festzulegen und sich abzustimmen um bei der Coda wieder zusammenzukommen; zumindest stellte Cyrille es sich so vor, als sie das, was sie über die Kammermusik wusste, auf diese Stücke ohne Anfang und Ende anwandte, die ihr das Gefühl gaben alt zu sein.

Der Bassist trug ein bunt besticktes Käppchen und lächelte mit der Zigarette zwischen den Zähnen. Der Rauch stieg bläulich zur Decke auf und zerschnitt sein Gesicht in zwei Hälften. Cyrille fragte sich, wie er es nur fertig brachte nicht zu ersticken. Sie beschloss nur ihn zu beobachten. Zumindest hätte sie dann den Eindruck etwas zu tun, etwas zu verstehen. Doch warum sollte sie sich nicht auch gehen lassen? Leicht mit dem Fuß klopfen, aufstehen und auf der Stelle tanzen, als ob nichts wäre? Das taten die anderen um sie herum doch auch. Sie stellten sich keine Fragen. Sie fragten sich nicht, wie der Bassist es schaffte nicht zu ersticken. Sieh ihm zu, sagte sie sich. Sieh den Bassisten an und denke an nichts anderes.

Eine Frau in Paillettenstrumpfhosen und tailliertem Samtmantel trat ihr auf den Fuß und schüttete ihr, als sie sich vorbeugte um sich zu entschuldigen, das Glas über das Knie. Cyrille hätte am liebsten losgeheult und wandte brüsk den Kopf ab. Ihr war heiß und sie sah sich nach Jean-Marc um, um ihm zu sagen, dass sie gehen wollte. Vor ihr erhob sich eine Mauer aus Körpern, die sich über Inseln aus reglosen Füßen in den Hüften wiegten. Ihr Blick wurde von einem Glas angezogen, das ihr jemand zwei Tische von ihr entfernt anzubieten schien. Sie stand auf und dachte dabei, dass sie schlicht und einfach für eine Nutte gehalten wurde.

Es war ein alter Mann, der offensichtlich entzückt war zu sein, wo er war. Er saß leicht gegen die Rückenlehne gesunken, vor ihm stand ein Champagnerkühler. Er trank einen Whiskey und als Cyrille sich neben ihn setzte und das Glas entgegennahm, das er ihr reichte, fragte sie ihn, ob er keinen Champagner möge.

»Für mich immer nur Scotch«, sagte er. »Wie in den amerikanischen Filmen.«

Er sprach mit ausländischem Akzent. Sein kleines, bartloses Kinn und die Wolke aus weißem Haar, die seine Stirn bekränzte, gaben ihm einen leicht effeminierten Anstrich.

»Ich kann nicht tanzen«, sagte Cyrille zu ihm. »Ich fühle mich gar nicht wohl in meiner Haut.«

»Trinken Sie«, sagte er.

Cyrille gehorchte. Sie erwartete, dass er seine Hand auf ihren Oberschenkel legen würde, aber er rührte sich nicht und trank in kleinen Schlucken; seine Augen lachten und seine Hände zitterten leicht.

»Kommen Sie oft hierher?«, fragte Cyrille. Ein plötzliches Déjà-vu gab ihr das Gefühl, durchzudrehen.

Der Alte schnalzte mit der Zunge und schüttelte den Kopf.

»Nein«, sagte er mit schleppender Stimme. »Sonst nie. Mein Enkel hat es mir gesagt. Er spielt Jazz. Ich hab's falsch verstanden. Hab gedacht, er würde heute Abend spielen.« Er zuckte die Achseln und fügte hinzu: »Ich stehe ja mehr auf Bebop.«

Cyrille nickte und bedauerte nicht »ich auch« antworten zu können.

Der alte Mann setzte sein Glas mit zufriedenem Seufzen ab, leckte sich über die Lippen und schenkte Cyrille nach.

»Und Sie«, fragte er, »kommen Sie oft hierher?«

»Zum ersten Mal. Eine ... wie soll ich sagen, eine Arbeitskollegin, na ja, eine Freundin hat mich mitgenommen. Das Mädchen da hinten, an der Bar.«

»Die kleine Viviane? Ha, eine Schönheit, nicht wahr?«

Cyrille riss die Augen auf.

»Ich sagte, eine Schönheit, die Viviane«, wiederholte er lauter, weil er glaubte, sie habe ihn nicht verstanden. »Mein Enkel schleppt immer nur lahme Enten an. Vielleicht ist er schwul, was weiß denn ich.«

»Ich bin mit ihm zusammen hier«, sagte Cyrille, der plötzlich die Ähnlichkeit zwischen dem Alten und Jean-Marc auffiel.

Der alte Mann hob sein Glas um einen Toast auszubringen.

»Sie sind eine Perle«, sagte er. »Eine richtige kleine wilde Perle.«

Cyrille lächelte und ließ sich in die Bank zurücksinken. Sie spürte, dass ihre Augen aufleuchteten.

»Kommst du?«, fragte Jean-Marc und nahm sie bei der Hand. Als Cyrille aufstand, sah sie, dass er seinem Großvater einen zornigen Blick zuwarf, und wie zur Versöhnung reichte sie dem alten Mann ihre Hand.

»Es hat mich sehr gefreut Sie kennen zu lernen«, sagte sie.

»Und mich erst«, antwortete er.

»Mann, ist der bescheuert«, sagte Jean-Marc und legte einen Arm um Cyrilles Hüfte.

»Was tust du da«, fragte sie. »Willst du tanzen?«

»Nein, ja, ist doch egal. Das ist die einzige Möglichkeit sich zu unterhalten. Jedenfalls sieht uns keiner zu.«

Cyrille wusste, dass es nicht stimmte. Der alte Mann sah ihnen zu. Sie legte ihren Arm um Jean-Marcs Hals, tat so, als würde sie mit ihm tanzen, und neigte leicht den Kopf zur Seite um ihn besser verstehen zu können.

»Du kannst mir glauben, dass er bescheuert ist. Total vertrottelt. Keine Ahnung, was er hier zu suchen hat.«

»Er glaubte, dass du heute Abend spielst.«

Jean-Marc schüttelte den Kopf.

»Hab ich nie gesagt.«

»Und woher weiß er die Adresse? Er hat gesagt, er war noch nie hier.«

»Ich habe sie ihm selbst gegeben. Er will immer alles wissen. Tut so, als wäre ich noch vierzehn. Ich wohne bei ihm, also hält er sich für den Größten. Immer muss ich ihm sagen, wo ich hingehe.«

»Er interessiert sich eben für dich, weiter nichts.«

Sobald Cyrille das gesagt hatte, kam sie sich dumm vor.

»Entschuldige«, fügte sie hinzu, »Das ist Küchenpsychologie. Das war blöd. Ich weiß nicht, was in mich gefahren ist. Sonst …, sonst …«

»Was?«

»Nichts.«

»Was sonst? Was meinst du?«

»Nichts, ich weiß nicht.«

»Doch, doch, sag's mir.«

Er zog sie an sich und Cyrille spürte seinen Atem auf ihrer Wange. Überrascht, dass es sie nicht anwiderte, verharrte sie einen Augenblick mit dem Gesicht an dem seinen, schloss die Augen und atmete den weichen, süßen Geruch seines Mundes ein. Dann öffnete sie ein wenig ihre Lider und betrachtete seine kleinen, weißen, ungefährlichen Zähne hinter dem unwiderstehlichen Lächeln. Ihre Arme begannen zu zittern. Sie küsste Jean-Marc und dachte dabei an den alten Mann, der ihnen zusah. Dann dachte sie an nichts mehr.

Er war es, der schließlich den Abstand wiederherstellte. Sie sahen sich an, unschuldig wie Kinder, die im Sommer spielerisch Insekten die Beine ausreißen. Lange hielt er ihre Hand. Cyrille wandte den Kopf in Richtung des alten Mannes und bemerkte, dass er verschwunden war. Sie dachte an die Cheshire-Katze, von der nur das Lächeln bleibt, und weil sie sich plötzlich schämte sich so zur Schau gestellt zu haben, hoffte sie, er sei gegangen, bevor er es hatte sehen können.

»Dein Großvater ist nicht mehr da«, sagte sie.

Ohne Erwiderung lächelte Jean-Marc sie an und strebte dem Ausgang zu.

Die Männer fassten sich um die Schultern, die Frauen hakten sich unter. Cyrille spürte, dass Viviane sie besonders fest an sich drückte. Im Auto wurde nicht gesprochen. Dafür aber stark geraucht.

»Trinken wir noch ein Glas?«, schlug Michel vor.

»Nein«, sagte Cyrille, »ich möchte nach Hause.«

Sie klebte an der rechten Wagentür und Jean-Marc an der linken. Sobald sie die Nachtluft gespürt hatten, waren sie wieder in Abwehrhaltung gegangen. Viviane drehte sich mit fragend verzogenem Gesicht zu Cyrille um. Cyrille zog die Augenbrauen zusammen und Viviane zuckte die Achseln und schüttelte übertrieben lebhaft den Kopf. Eine Haarnadel fiel aus ihrem Knoten und landete auf der Rückbank. Über dem kleinen eisernen Ding trafen sich Jean-Marcs und Cyrilles Hände. Beide hatten es aufheben wollen, aber keiner von ihnen war dazu bereit, wenn der Preis dafür ein etwas längerer Körperkontakt war. Gleichzeitig zogen sie ihre Finger wie von Scham versengt zurück und sperrten sie wieder an ihren schön warmen Platz in der geschlossenen Faust. Cyrille dachte, dass dieses Auto in zehn Jahren in der Schrottpresse landen und die Haarnadel mit allem anderen zerquetscht werden würde.

Cyrille schlüpfte in ihr Bett. Die Laken legten sich knisternd um ihren Körper. Zwischen ihrer Haut und den Baumwollknötchen, die durch das Waschen entstanden waren, dehnte sich eine Dunstwolke aus Müdigkeit, Kummer und Gereiztheit aus. Sie streckte die Arme an den Seiten aus und vermied jeglichen Körperkontakt. Der hätte sie verrückt gemacht wie einen monatelang in einer Wohnung eingesperrten jungen Hund, der sich mit verzweifeltem Gehechel bis zur Erschöpfung an Weite und Duft berauscht, wenn er auf dem Land das hohe Gras wieder entdeckt. Als sie die Augen schloss, klingelte das Telefon.

»Hallo, ich bin's«, sagte Viviane und hielt es offensichtlich nach einem in solcher Intimität verbrachten Abend nicht mehr für nötig ihren Namen zu nennen.

»Ja?«, antwortete Cyrille und fühlte sich zehn Jahre zurückversetzt, zu den Partys in ihrer Schulzeit.

»Geht's dir gut?«

»Ja und dir?«

»O ja, natürlich. Ich bin ein bisschen beschwipst, aber es geht schon. Ich ruf dich jetzt an, weil, übrigens habe ich mich zum Telefonieren im Bad eingeschlossen, Michel ist im Zimmer. Es ist so verrückt, ich kann's gar nicht fassen. Heute Nacht hat er zum ersten Mal ›ich liebe dich‹ gesagt.«

»Aha.«

»Ich war so glücklich, ich musste dich einfach anrufen. Ich hab ihm gesagt, ich gehe pinkeln.«

Cyrille stellte sich die Szene vor: die beiden Körper, schwitzend nach der Umarmung, alkoholgetränkter Atem, Blicke, die sich begegnen und vor Müdigkeit schielen. Er sagt: »Ich liebe dich.« Sie springt aus dem Bett und ruft: »Ich muss mal pinkeln.« War es wirklich ein Fehler, wenn man ein solches Glück nicht verstehen konnte? Cyrille wusste nicht, was sie antworten sollte.

»Bist du sicher, dass es dir gut geht?«, begann Viviane nach einigem Schweigen erneut. »Mit Jean-Marc ist es doch gut gelaufen oder nicht? Warum hast du ihn nicht mit nach Hause genommen? Hast du dich nicht getraut?«

»Nein, nein, das war es nicht. Es war einfach nur nett, weißt du. Ich glaube nicht, dass wir uns wieder sehen werden.«

»Aber warum denn. Der Typ ist super, weißt du?«

»Hör mal, ich muss jetzt wirklich schlafen. Wir sprechen morgen darüber, in Ordnung?«

»Okay. Also, ich geh wieder zu ihm«, sagte Viviane leise glucksend. »Männer sind ja so ungeduldig.«

Cyrille legte auf und fragte sich, mit welchem Recht Viviane sich erlaubte ihr was auch immer über die Männer zu erzählen. Und wenn sie schon einmal dabei war, warum sagte sie dann nicht, »Männer haben Bärte« oder »Männer pinkeln im Stehen«. So unbedarft war Cyrille nun auch wieder nicht. Sie wusste, wie man den Nacken mit der einen und das Kinn mit der anderen Hand umfasste um die Lippen eines Mannes den eigenen zu nähern. Ihr waren eine ganze Menge solcher Bewegungen geläufig.

»Guten Tag, du unwiderstehliche Schöne«, hörte sie am nächsten Morgen von Viviane, die auf einem Hocker hinter dem Tresen im dritten Stock der Entbindungsklinik saß.

Cyrille lächelte, wiegte sich in den Hüften, steckte zwei Finger in das Dekolleté ihres Kittels und entblößte ihre Schulter.

»Guten Tag, Liebste«, zwitscherte sie mit gespitzten Lippen.

»Ja, die Liebe, die Liebe«, sang Viviane und fächelte sich mit der Karte der 315 Luft zu. »Hier«, sagte sie und hielt Cyrille den weißen Karton hin. »Sie hat nach dir gefragt.«

Cyrille warf einen Blick auf die Eintragungen, die die Nachtschwester gekritzelt hatte: »Kind ruhig, Mutter stillt.«

Immer noch mit leichtem Hüftschwung ging sie den Flur entlang, beruhigt und fröhlich, als wäre der medizinische Segensspruch »Kind ruhig« auch über ihrem eigenen Haupt gesprochen worden. Es war nicht ihre Art nichts unter dem Kittel zu tragen, aber dieser Morgen war so schön, dass sie dem Vergnügen das gleichmäßige Reiben des Nylonstoffes auf ihrer Haut zu spüren nicht widerstehen konnte. Sie fühlte sich wie eine sexy Krankenschwester in einem amerikanischen Kriegsfilm, die mit Po und Brüsten wackelnd zwischen den Tragen mit von Geschossen zerfetzten Soldaten herumstolziert.

Die 315 hielt ihr Baby im Arm und sang ihm mit gedämpfter Stimme ein Lied ohne Worte vor. Eine dicke Frau, die ihren Regenmantel nicht abgelegt hatte, fächelte sich auf einem Stuhl am Fenster mit einer Zeitschrift Luft zu. Cyrille lächelte sie an und die Frau nickte ihr zu.

»Sie haben nach mir gefragt«, sagte Cyrille. »Geht es Ihnen gut?«

»Ja«, antwortete die junge Mutter, »es geht mir gut. Ich habe Sie nur gerufen, weil ... Sehen Sie, dort auf dem Tisch, die Plastikdose.«

»Ja«, sagte Cyrille, nahm die Dose und ging zum Bett. »Soll ich sie Ihnen geben?«

»Nein, das ist für Sie. Es sind Baisers. Mein Mann hat sie gemacht. Er ist Konditor.«

Cyrille hob den Deckel der Dose und sah darin enge, regelmäßige Reihen weißer, in Seidenpapier eingewickelter Baisers. So einer neben dem anderen liegend sahen sie aus, als würden sie schlafen.

»Die mag ich sehr gerne«, sagte sie. »Das ist sehr nett von Ihnen.«

Sie fühlte, dass sie noch etwas anderes hätte sagen müssen,

etwas wie: »Das ist doch nicht nötig«, aber die Freude über das Geschenk hatte ihren Wortschatz bereits erschöpft. Auch die 315 hätte am liebsten noch gesagt: »Aber das ist doch nicht der Rede wert. Mein Mann macht so etwas in fünf Minuten. Sie waren so freundlich zu mir.« Aber sie war zu schüchtern. Sie zuckte die Achseln und sah zu, wie die Frau im Regenmantel sich über die Wiege beugte um die Füße des Babys wieder in die Lage zu bringen, die sie für die richtige hielt.

»Auf dem Bauch schlafen macht Entenfüße«, sagte sie.

»Meine Schwiegermutter war Krankengymnastin«, sagte die 315 zu Cyrille.

»Aha, soso, sehr gut. Ich lasse die Familie jetzt wieder alleine.«

Bevor Cyrille die Tür schloss, warf sie noch einen Blick auf die Füße des Babys, die sich wieder nach außen gedreht hatten. Wieder einmal ging sie mit dem Gefühl über den Flur, nicht auf der Höhe der Lage gewesen zu sein. Wie wenn jemand gestorben war und sie unfähig war einen Kondolenzbrief zu schreiben. Wieder im Stationszimmer angekommen, ließ sie die Dose umgehend in ihrer Handtasche verschwinden ohne sie Viviane zu zeigen oder ihr davon zu erzählen. Die Baisers waren das Gebäck des Schweigens, des Schweigens der Kinder, denen die Regeln der Höflichkeit noch unbekannt sind, die einen mit riesengroßen Augen anstarren und darauf warten, dass man sie entweder mit einem Salto rückwärts überrascht oder sie bei der Hand nimmt und sich damit in die Schar all der anderen Erwachsenen und Verwandten einreiht, denen man nur zu folgen oder die man nur zu rufen braucht.

»Ich hätte nie gedacht, dass die Geschichte von Michel und mir so weit gehen würde«, sagte Viviane ohne den Blick von ihren Karteikarten zu heben. »Ich schwöre, ich habe gedacht ..., das ist verrückt, aber ich habe ihn immer nur als ein Abenteuer betrachtet, verstehst du? Ein Kumpel. Seit zwei Jahren sind wir zusammen und gestern Nacht war es ... Es war total genial, verstehst du? Als er mir gesagt hat, dass er mich liebt. Mir brach der kalte Schweiß aus. Doch, doch, ungelogen. Du kennst mich doch. Ich bin ein Gewohnheitstier. Aber plötzlich wirkte alles ganz echt. Als gäbe es wirklich einen Mann in meinem Leben. Peng. Drei Minuten später sah ich mich schon mit drei Kindern vor mir. Willst du eigentlich mal Kinder haben? Ich weiß nicht mehr, was du gesagt hast.«

Cyrille hörte ihr nicht zu. Sie war äußerst ernsthaft mit der Frage beschäftigt, was sie mit der Baiser-Dose anfangen sollte. Behalten konnte sie sie nicht. Beim ersten Bissen würde sie ersticken, weil sie sich bei der 315 nicht angemessen bedankt hatte. Jetzt war es zu spät dafür, aber trotzdem hatte sie eine Menge Ideen, zum Beispiel konnte sie dem Ehemann ein paar Worte des Dankes schreiben oder sich mit der frisch Entbundenen auf die Bettkante setzen, die Leckereien mit ihr teilen und über Gott und die Welt plaudern.

Bis sie die Dose losgeworden war, würde sie tonnenschwer in ihrer Handtasche lasten.

»Hörst du mir überhaupt zu? Seit fünf Minuten rede ich mit dir«, fing Viviane wieder an. »Ich habe dich was gefragt, falls du das noch nicht bemerkt hast.«

»Hä?«

»Ich sage, ich habe dich was gefragt.«

»Ja? Was? Wie war die Frage?«

»Schon gut. Falls es dich anödet, wenn ich dir mein Leben erzähle, musst du es nur sagen. Bist du etwa eifersüchtig? Was ist denn mit Jean-Marc gelaufen?«

»Jean-Marc?«, fragte Cyrille zerstreut. »Wer ist das denn? Jean-Marc?«

Viviane brach in Gelächter aus und nickte dabei, als wollte sie sagen: Komm schon, Alte, jetzt wirst du aber dreist. Im selben Augenblick wurde Cyrille in einem zweigeteilten Geistesblitz einerseits klar, wer Jean-Marc war, und andererseits, an wen sie die schmachvollen Baisers weitergeben konnte. Mascha-Mascha, Mascha-Mascha skandierte sie auf die Melodie von Beethovens Fünfter. Eine Dose mit Baisers schien ein angemessenes Geschenk für einen Liederabend im *Théatre des Champs Elysées* zu sein. Sie brauchte nur ein hübscheres Behältnis, schönes geblümtes Geschenkpapier, ein

Stück Geschenkband und schon war die Sache perfekt. Ein weiterer Stein auf dem Weg zu Héloïse war beiseite geräumt. Sieben Stunden Arbeit, eine Stunde für Umziehen, Essen, Fahrt, zwei Stunden Konzert mit einem wirklich originellen Geschenk als Abschluss, eine Nacht Schlaf und schon bliebe nur noch eine Woche, die sie sich gedulden musste. Cyrille begann sich das Wiedersehen auszumalen. Rasch skizzierte sie in Gedanken das ovale Gesicht ihrer Freundin und begann mit ihr zu sprechen. Ohne sich dessen bewusst zu werden, murmelte sie Wörter vor sich hin, bewegte den Kopf und zuckte mit den Schultern.

»Sprichst du jetzt schon mit dir selbst?«, fragte Viviane.

»Ja.«

Viviane musterte ihre Kollegin mit einem langen Blick. So viele Enthüllungen innerhalb von 24 Stunden machten sie ganz schwindelig. Cyrille war eine ungebundene Frau. Außerdem war sie eine Verrückte, die, wenn man mit ihr sprach, nicht antwortete, vor sich hin brabbelte und dabei mit dem Kopf wackelte. Plötzlich hatte sich einen Spalt weit eine Tür auf das Innenleben ihrer Kollegin geöffnet, und Viviane, die davon inwendig und auswendig eine Gänsehaut bekam, hatte nur den einen Wunsch sie mit lautem Knall wieder zuzuschlagen. Sie war ein Gewohnheitstier und nicht bereit mit einem Mädchen zu verkehren, das nicht richtig im Kopf war.

Wenn man Mascha zuhörte, schien alles ganz einfach zu sein. Sie stand neben dem Flügel in einem roten Seidenmousseline-Kleid, das Cyrille noch nie gesehen hatte und das an ihrem Körper entlangfloss wie Konfitüre. Sie öffnete den Mund nicht sehr weit, zog die Unterlippe leicht nach innen, verdeckte die unteren Zähne und dicht und durchsichtig kamen die Töne heraus. Die Wörter verloren sich nicht im Nachhall des Konzertsaales, eins nach dem anderen reihten sie sich in den zu weichem Wachs gewordenen Gehirnen aneinander und prägten sich dort ein. *Les larmes qu'on ne pleure pas, dans notre âme retombent toutes,* sang Mascha mit einer Stimme, die anscheinend die Schatten- und Haarstriche jedes Buchstabens nachzeichnen konnte. Wenn sie einatmete, spürte man, wie sich ihr Körper in der Taille weitete, aber ihre Brust bewegte sich nicht. Achtete man, wenn sie mit geschlossenen Augen einatmete, nur auf ihre Schultern und ihr Gesicht, konnte man meinen, sie sei tot. Und dann atmete sie aus. Ihre Schläfen weiteten sich, ihre Arme hoben sich langsam zur Horizontale, ihr ganzer Körper streckte sich und wurde zu einem Turm, in dem die Fensterhöhlen der Augen die einzigen Öffnungen waren. Cyrille weinte. Sie wusste nicht, was sie in diesen Zustand versetzte, ob es die Schönheit der Musik war oder die Tatsache, dass sie inmitten der vielen Töne Maschas Stimme wieder erkannte, die mir ihr sprach und alles und nichts sagte. Das Schluchzen, das ihre Flanken hob, konnte sie nicht unterdrücken. Mascha grub in ihr mit ihrer Stimme. Mit angehaltenem Atem, ohne dass eine einzige Luftblase aufstieg, versenkte sie sich wie ein Perlentaucher unter die Wasseroberfläche um das Schweigen der in Cyrille begrabenen Kindheit zu stören und ihm seine Erinnerungen zu entreißen.

Cyrille ließ den Kopf sinken und wandte den Blick ab. Zu ihrer Rechten blätterten ihre Eltern im Programmheft um sich im Halbdunkel über die Fortsetzung des Vergnügens zu informieren. Zu ihrer Linken saß Daniel mit den Händen auf den Knien und grinste wie ein kleiner Junge, dem man soeben sein erstes Paar Mokassins gekauft hat. Sie fuhr sich mit der Hand über das Gesicht um das Salz der Tränen abzuwischen, aber diese Bewegung über ihre geschlossenen Augenlider zog aus dem Inneren ihres Kopfes einen noch heftigeren Strom heraus, der ihre Finger tränkte. Sie hatte das Gefühl die Einzige zu sein, die Mascha verstand. Die dumme Mascha, die man dazu bringen konnte alles Mögliche herunterzuschlucken. Monsieur und Madame Grossmann hörten ihrer Tochter nicht zu, sie kannten das alles in- und auswendig. Was Daniel betraf, war er damit beschäftigt, die breiten Hüften seiner Verlobten zu bewundern und sich die Schönheit seiner zukünftigen Kinder auszumalen. Dem Publikum war die Sängerin vollkommen gleichgültig, es begehrte nur ihre Stimme, so wie ein Tier das andere begehrt, weil die Brunftzeit gekommen ist und man sich schließlich fortpflanzen muss. Cyrille fiel ein Urlaubsfoto ein, auf dem sie und Mascha zu sehen waren, wie sie sich mit flachem, nacktem, sonnengebräuntem Oberkörper um die Schultern gefasst hielten. Mascha blickte voller Weltvertrauen in die Kamera, in die Welt wie eine glückliche Törin, während Cyrilles Augen mit leicht gerunzelten Brauen wissend und vorwurfsvoll einen unsichtbaren Punkt zu ihrer Rechten fixierten. Mascha war schutzlos. Alleine auf dem quietschenden Parkett der Bühne, mit reglosen Brüsten unter dem Kleid, wartete sie darauf, dass eine Gewehrsalve sie für immer in dem roten Stoff festnagelte und ihrem übernatürlichen, anstrengenden Gezwitscher ein Ende setzte.

Der laut prasselnde Applaus überraschte Cyrille. Sie hob brüsk den Kopf und wäre fast von ihrem Sitz aufgesprungen um auf die Bühne zu steigen und ihre Schwester zu beschützen. Mascha dankte mit einer weichen Kopfbewegung und bleckte die Zähne zu einem unglücklichen Lächeln. Cyrille faltete lautlos die Hände, es war ihr unmöglich sie zum Klatschen auseinander zu bringen. Plötzlich wusste sie nicht mehr, ob der Erfolg ihrer Schwester sie kränkte, oder ob sie sich nur weigerte einen weiteren Stein auf die wehrlose Frau zu werfen, die dem Mädchen auf der Fotografie so sehr ähnelte.

Es gab drei Zugaben. Mitten im letzten Lied sah Cyrille, wie Mascha sich mit ihrer Hand am Holz des Flügels festklammerte, als müsste sie sich am Fallen hindern. Mascha war erschöpft wie Alice auf ihrer Reise ins Wunderland, die zu weinen anfängt, weil sie genug davon hat immerfort zu schrumpfen und wieder zu wachsen. Die Ermunterungen des Publikums waren so verführerisch wie die Aufforderung, die auf dem Fläschchen in Lewis Carrols Geschichte stand. »Trink mich«, sagte die Flasche zu Alice. »Stille unseren Durst«, sagten die klatschenden Hände zu Mascha, bis sie verschwand und der Garten mit der winzigen Tür sie verschlang, in dem die kopfabschneidende Königin regierte. Cyrille wollte, dass Schluss damit war.

Immer musste sie an die in ihrer Tasche versteckten Baisers denken und konnte sie vor Ungeduld förmlich knirschen hören.

Bei der letzten Verbeugung nahm Mascha die Hand des Pianisten, der von seinem Schemel aufstand um sie zu stützen. Was, wenn sie jetzt stürbe, dachte Cyrille, an einem Herzanfall oder einfach vor Erschöpfung? Selbst der duftige Stoff des roten Kleides schien wie eine Rüstung auf ihren Schultern zu lasten. Mascha lief hinter die Kulissen und kam nicht mehr zum Vorschein, trotz aller Zugabe- und Bravo-Rufe, trotz der stampfenden Füße und der Hände, die sie im Zweivierteltakt der Krankenwagensirene wieder herausriefen.

Cyrille erhob sich als Erste, noch bevor die Lichter im Theatersaal wieder angingen. An den Knien vorbei bahnte sie sich einen Weg und lief auf die Loge zu, ihr Herz pochte wild, wie ein Stößel, der gegen das Brustbein hämmerte. Ihre Schultertasche schlug gegen den Oberschenkel.

»Cyrille!«, rief Mascha, die am Schminktisch saß, während ein junges Mädchen in Latzhosen ihr die Fläschchen mit Abschminkcreme hinhielt und jede Geste mit einem vitaminreichen Lächeln begleitete. »Bist du gerannt? Du siehst aus, als wärst du ganz außer Atem!«

»Ja«, sagte Cyrille, »ich wollte nur ...«

Sie wollte erfahren, ob es ihrer Schwester gut ging, aber als sie deren frische, rosige Wangen und lachenden Augen sah, wusste sie, dass sie sich getäuscht hatte. Mascha hatte keinen Schwächeanfall. Sie war nicht das geringste Risiko eingegangen. Es war ihr Beruf. Es gehörte zum Geschäft, dass sie den Eindruck erweckte auf der Bühne zu sterben. Cyrille kam sich dumm vor. Sie war hereingefallen wie alle anderen, und mehr noch als sie. Ihre Schwester hatte sie so weit gebracht, dass sie in ihr noch einmal das kleine Mädchen sah, das im Geschäft im Erdgeschoss alles anfasste und dabei sagte: »Das ist aber hübsch, oder?«

»Ich wollte dir nur das hier geben«, sagte sie endlich und zog das Päckchen aus der Tasche.

»Was ist denn das? Aber du spinnst ja. Wenn du mir nach

jedem Liederabend ein Geschenk machen willst, wirst du dich ruinieren.«

Während Mascha das Papier aufriss, in das die Dose eingepackt war, spürte Cyrille, wie Röte und Scham ihr prickelnd ins Gesicht stiegen. Sicher glaubte Mascha, dass es etwas Wertvolles war, ein chinesisches Teeservice, eine japanische Vase oder ein Seidentuch. Womit sonst konnte eine Schwester sich ruinieren?

Gerade als Mascha den Deckel hob, öffnete sich die Logentür und machte den Durchgang frei für Familie, Bewunderer und den Agenten, kurz all die Leute, die Cyrilles Baisers nicht sehen sollten. Mascha warf nacheinander einen Blick auf die Neuankömmlinge und auf den Doseninhalt. Mit einer fließenden Handbewegung, die, wie es Cyrille erschien, schon häufig wiederholt worden war, steckte ihre Schwester das Paket dem Mädchen in der Latzhose zu und stand mit gekreuzten Armen vom Stuhl auf um die Huldigungen der Menge entgegenzunehmen.

Cyrille spürte nicht, wie Mascha ihr im Vorbeigehen auf den Fuß trat. Ihre Aufmerksamkeit war ganz vom weiteren Schicksal der Baisers gefangen genommen. Erst stellte das Mädchen in Latzhose sie auf eine Ecke des Schminktisches, dann steckte sie sie, nachdem sie in Maschas Schminkkoffer ein wenig Ordnung geschaffen hatte, in eine große Tasche, die sie über die Schulter warf. Während sie dem Ausgang zustrebte, wobei sie sich ganz klein machte und dabei ungeheuer sympathisch wirkte, packte Cyrille sie am Arm und hielt sie auf.

»Die Baisers sind für Mascha«, murmelte sie durch die zusammengebissenen Zähne.

»Hä, was?«, sagte das Mädchen in Latzhose und legte ihr eine Hand auf die Schulter. »Ach ja!«, begann sie wieder lachend. »Die Baisers. Das ist wirklich wundervoll. Seit Mascha Diät hält, erbe ich eine Menge Sachen. Normalerweise eher etwas Schokoladiges. Das ist mal eine Abwechslung.«

Sie machte ein Zeichen mit der Hand, zwinkerte Cyrille zu und sagte noch im Fortgehen: »Sie verehren sie, nicht wahr?«

Cyrille nickte und setzte sich auf eine mit rotem Samt bezogene Bank. Sie kreuzte die Arme über der Brust und begann ihr Herz zu ergründen, auf der Suche nach dem Schmerz, den sie hätte empfinden sollen. Doch in ihr war nichts. Keine Verletzung, kein schmerzhaftes Pochen. Nur ein kleines, spöttisches Lächeln verbarg sich hinter ihrem Mund, als sie daran dachte, was sie soeben gesagt hatte: »Die Baisers sind für Mascha.« Wie alt war sie eigentlich, dass sie so etwas sagte?

Daniel kam und setzte sich neben sie.

»Ich mag solche gesellschaftlichen Ereignisse auch nicht. *Wie schön du bist, meine Liebe. Und ich bin ja so gerührt, ich finde keine Worte dafür.* Und so weiter und so fort«, fügte er mit lächerlich hoher, verstellter Stimme hinzu.

Cyrille lachte ohne ihn dabei anzusehen. Ihr Blick hing am Po ihrer Schwester. Stimmt, sie braucht eine Diät, sagte sie zu sich selbst. Mascha war ihr immer wie eine Art Fruchtbarkeitsgöttin erschienen, aber jetzt schien sie sich in einen Fettkloß verwandelt zu haben. Hatte sie wirklich fünf Kilo zugenommen oder lag es nur an Daniels Blick? Bestimmt hatte sie wegen ihm beschlossen eine Diät zu machen. Er hatte eine Bemerkung gemacht, keine wirklich gemeine, sondern eine der Art, die einem den Magen verdirbt, besonders wenn man gerade in einen Schokotrüffel beißen will.

»Hat es Ihnen gefallen?«, fragte Cyrille Daniel und wandte sich ihm zu.

Daniel war überrascht durch die plötzliche Nähe von Cyrilles Gesicht und konnte nicht sofort antworten. Cyrille konnte sehen, wie auf der Stirn ihres künftigen Schwagers wie mit Schreibmaschine geschrieben die Worte erschienen: »Habe ich richtig gewählt?« Sie wusste, dass sie ihm gefiel. Das hatte sie schon bei ihrer ersten Begegnung bemerkt.

Der Ärmste glaubt, dass er gerade sein Leben ruiniert, sagte sie sich. Er glaubt, er hat noch die Möglichkeit die Verlobung zu lösen und um meine Hand anzuhalten. Vielleicht sagt er sich, dass wir dasselbe Metier haben und deshalb immer etwas finden werden, worüber wir uns unterhalten können. Und außerdem riskiert man mit einer Hebamme keine

Extravaganzen. Du kannst mir hinterherlaufen so viel du willst, warf sie ihm in Gedanken hin, ich würde nie einen Mann nehmen, der die Hemden seiner Mutter zum Bügeln gibt. Daniel strich eine Hosenfalte glatt, als wollte er die Gedanken fortwischen, die ihm soeben in den Sinn gekommen waren.

»Sie hat eine große, eine sehr große Stimme«, sagte er mit beruhigtem, zufriedenem Lächeln. Er war dem Zweifel knapp entronnen. Glücklich lehnte er sich gegen die Wand, weil er auf dem besten Wege war, dieses magische Organ zu ehelichen. Vielleicht malte er sich aus, dass seine Frau in einer besonders intensiven Liebesnacht seinen Namen in drei majestätischen Tönen herausschreien würde, die ihm noch bis zu seinem Tod im Ohr klingen würden.

Cyrille nahm seine Hand, tätschelte sie leicht, wie eine alte Dame, und spendete ihm so den mütterlichen Segen, den er erwartete.

»In welcher Abteilung arbeiten Sie«, fragte er.

Cyrille runzelte die Augenbrauen.

»Sie sind doch Hebamme oder? Wo arbeiten Sie?«

Das ging Cyrille nun doch zu weit. Sie wollte sich gerne die Rivalität mit ihrer Schwester verbieten, aber nicht um den Preis, dass sie sich sofort wieder in den Nylonstoff ihres rosa Kittels stürzte.

»Ich habe gerade wirklich keine Zeit mich mit Ihnen über die Arbeit zu unterhalten. Ich habe noch eine Verabredung«, sagte sie und stand auf. »Vielleicht ein anderes Mal.«

Sie winkte Daniel zu, küsste ihre Eltern und ihre Schwester, die nichts davon merkten, und stürmte die Treppe hinunter auf die Straße.

Draußen war es kühl, aber dennoch lag in der Luft, die vom Bürgersteig aufstieg, ein Hauch von Sommer. Cyrille blieb einen Augenblick stehen um diesen Duft einzuatmen, er rief so viele verschiedene Erinnerungen in ihr wach, dass er schlicht zum Duft der Vergangenheit wurde. Sie fragte sich, ob sie auf der Welt die Einzige war, die sich solche Gedanken zum Duft der Luft machte. Vor allem fragte sie sich, ob ein Mann, den sie liebte, sie eines Tages dazu bringen würde, so auf der Straße innezuhalten um Erinnerungen einzuatmen. Kein Daniel, kein Jean-Marc, sondern ein anderer, noch gesichtsloser, dessen Hand sie mit dem Gefühl halten würde, dass in der Verlängerung dieses Armes ihr ganzes Leben an ihrer Seite pulsierte. Es war schwer sich das vorzustellen. Versuchte sie sich darauf zu konzentrieren und mit ihrem geistigen Zeichenstift Konturen oder Blick zu umreißen, dann drängten sich ihr unweigerlich Vincents Gesicht und Körper auf. Erstarrt in der Erinnerung, hatten seine Gesichtszüge sich dennoch leicht verändert, als hätte der Zerfall begonnen. Je mehr die Jahre vergingen, umso weicher wurden die Linien des Knochengerüstes und das Fleisch lockerte sich und fiel ein. Die Gesichter der anderen waren anders beschaffen. Sie belebten sich und schoben sich übereinander, ohne dass Cyrille die Zeit blieb die kleinste Spur davon im Gedächtnis zu bewahren. Es gab blonde, braune, mehr oder weniger große, aber keiner von ihnen blieb Cyrille lange genug im Sinn, dass es ihr gelungen wäre ihm einen Namen zu geben und eine Träne über ihre kleine gemeinsame Geschichte zu vergießen. Nur Vincent blieb fast unveränderlich auf ihrer Netzhaut haften, entstellt und grotesk wie ein amputiertes Glied. Sie fröstelte und lief los, ohne zu wissen wohin.

Als ihre Füße zu schmerzen begannen, ging sie in ein Café. Sie wusste, dass sie für die Heimfahrt keine Metro mehr bekommen würde, aber das war unwichtig, ihre Beine konnten sie absolut überall hin tragen. Sie sah den Autos zu, die auf der anderen Seite der Scheibe fuhren, und den vorbeilaufenden Leuten. Durch den Kaffee wurde ihr schwindelig, das Licht der gelben Scheinwerfer vermischte sich mit dem der Straßenlaternen und der Neonröhren über ihrem Kopf. Sie existierte nicht mehr.

4

Als Erstes musste sie zur Ruhe kommen. Achtung! Alles tun, wie gewohnt, Tee trinken, Brot toasten, Butter darauf schmieren, langsam kauen und zwischen jedem Bissen einige Wörter in einem Zeitungsartikel lesen.

Als Cyrille ihr ungemachtes Bett sah und an die Anstrengung dachte, die es sie kosten würde das Frühstück zuzubereiten, bekam sie einfach nur Lust das Bettlaken zu nehmen, Tasse, Löffel, Messer, Butter, Teekanne und Brot hineinzuwerfen und das ganze Bündel aus dem Fenster zu schmeißen. So ginge alles sauber und schnell. Es bliebe keine Spur mehr von Nacht, Erwachen und Essen. Vollkommen unbefleckt könnte sie zur *Clinique des Rosiers* aufbrechen, ein einziges Ziel vor Augen, ein leuchtender Einschnitt in der Tagesmitte, der Kurs um drei Uhr und das Wiedersehen mit Héloïse. Dann sollte ein neues Leben beginnen. Cyrille würde nicht mehr alleine sein. Sie würde Patentante des Babys, würde zu Héloïse und Jacob zum Essen gehen, ihre Freunde kennen lernen und sich auch mit ihnen anfreunden. Man würde sie aufs Land einladen und sie würde ihre beim Spaziergang an der frischen Luft erfrorenen Hände am Kaminfeuer aufwärmen. Sie würden heiße Schokolade trinken und sich in unzertrennlicher, brüderlicher Liebe vereint fühlen. Trotzdem, bloß nicht zu viel daran denken. So etwas zu erleben wäre bestimmt wundervoll, aber wenn man darüber sprechen wollte, ähnelte es verdächtig jenen Filmszenen, bei denen die Tonspur nur noch aus schmalziger Musik besteht um die Momente des Glücks zu begleiten.

Alles was Cyrille machen konnte, war so zu tun, als ob

nichts wäre, tüchtig sein und Ruhe bewahren. Sie misstraute der Vorfreude und der Vorwegnahme bevorstehender Ereignisse, weil sie wusste, dass man immer enttäuscht wird, wenn man etwas zu sehnlich erwartet. Man will sich beeilen und vergisst seine Schlüssel; man ruft den Schlüsseldienst und verpasst deshalb den Bus. Man kommt zu spät und beginnt unter den Achseln zu riechen. Schlechte Laune kommt auf und ist die Verabredung mit dem Schicksal endlich gekommen, ist man nur noch zur Hälfte anwesend und sieht so aus, dass noch der gutmütigste Märchenprinz lieber die Beine in die Hand nimmt.

Mehrmals zwang sie sich dazu, sich mit lang an den Körper gepressten Armen hinzusetzen, damit ihre Bewegungen langsamer wurden und ihre Gedanken mit ihr im selben Takt blieben und nicht sorglos in Richtung Glückseligkeit davonflogen. In ihrem Bauch spürte sie das Blut pulsieren.

Als Cyrille den Wasserkessel pfeifen hörte, stand sie auf, ging jedoch, anstatt die Flamme abzustellen, zum Fenster, um ihren Blick durch das Schauspiel der Straße zu beruhigen. Das Sonnenlicht zerschnitt Baumblätter und Autokarosserien. Im blauen Asphalt schien sich der Himmel zu spiegeln und einsame Fußgänger spazierten herum, mit den Händen in den Taschen und windzerzausten Haaren. Das kochende Wasser quoll aus der Tülle des Kessels und löschte das Feuer. Das Pfeifen verstummte. Cyrille legte sich mit schwerem Kopf und schweren Armen auf den Fußboden und konnte sich nicht bewegen. Es kam ihr so vor, als ob ihr Körper sich aufblähte, bis er den ganzen Raum ausfüllte. Ihr Herz war eine riesige Blutpfütze, in der bleiern langsam Wellen schwappten. Sie wollte sich übergeben und sah, wie ihre Organe eins nach dem anderen aus dem Mund herauskamen. Sie weidete sich aus wie ein Hähnchen. Sie fühlte sich krank. Vielleicht eine Vergiftung. Was hatte sie nur am Tag zuvor gegessen? Sie erinnerte sich nicht mehr. Ihr Gehirn war außer Stande ihre Fragen zu beantworten. Es verfügte nur noch über die mittelmäßige Intelligenz eines Computers oder Roboters, der zu nichts weiter gemacht ist als bestimmte vorprogrammierte Bewegungen auszuführen. Zufrieden damit sein. Nicht nachdenken. Den Körper sich bewegen lassen ohne einzugreifen.

Im Badezimmerspiegel begegnete sie ihrem blutleeren Gesicht und ihre grauen Lippen legten Zähne mit einem ungesehenen Lächeln frei, ein Gesichtsausdruck, den sie vielleicht am Tag ihres Todes haben würde.

Das Erste, was sie sah, als sie die Klinik betrat, war Vivianes Gesicht. Ihre Kollegin stand in der Eingangshalle, lehnte an der Wand und hielt einen Telefonhörer in der Hand. Ihr Kopf pendelte freundlich vor und zurück und stimmte mimisch mit gesenkten Lidern wiederholt hochzufrieden zu. Nachdem sie das Plastikohr des Apparates lange geküsst hatte, legte sie auf und faltete unter der Brust wie zum Gebet die Hände. Cyrille näherte sich lautlos. Sie fand in diesem Schauspiel eine Art religiöse Beruhigung. Gerne hätte sie sich neben sie gestellt und ebenfalls mit geschlossenen Augen die Hände gefaltet.

Viviane begann zu sprechen ohne die Augenlider zu heben.

»Wir werden heiraten«, sagte sie.

»Was?«, fragte Cyrille, die sehr gut verstanden hatte.

»Michel, er hat um meine Hand angehalten.«

»Am Telefon?«

Viviane riss brutal die Augen auf und warf Cyrille einen irren Blick zu.

»Im September. Genug Zeit, alles zu organisieren und die Familien zu benachrichtigen. Ich habe an ein mexikanisches Buffet gedacht, falls du verstehst, was ich meine. Ein exotisches Ding. Ich hab diese unpersönlichen Hochzeitsfeiern satt, mit den ewigen gegrillten Lachsfilets. Ich möchte was Ausgeflipptes, ein bisschen wie der Karneval von Rio. Was hältst du davon?«

Cyrille stellte sich Viviane in einem Hochzeitskleid mit Wespentaille und roten Pailletten vor und vielen Federn, die ihr aus Schädel und Po ragten.

»Ja«, sagte sie nickend, »das wäre sehr originell.«

»Eine richtige Party. Das will ich haben, mit mehreren Bands. Wir werden die ganze Nacht lang tanzen.«

»Hast du deine Eltern benachrichtigt?«

»Ich hatte noch keine Zeit«, sagte Viviane, packte Cyrille am Arm und zog sie zum Aufzug. »Ich hab dir doch gesagt, dass er gerade erst um meine Hand angehalten hat, hier, am Telefon. Papa wird ja so glücklich sein. Ich bin sicher, mein Papi wird Michel schrecklich gern haben.«

»Ich freue mich sehr für dich«, sagte Cyrille endlich, wobei ihr klar wurde, dass sie das schon vor fünf Minuten hätte sagen sollen. Woran lag es bloß, dass sie immer zu spät dran war, wenn es darum ging, etwas Nettes zu sagen? Nie hatte sie den unmittelbaren Reflex Leute zu beglückwünschen, ihnen zu danken oder ein Kompliment zu machen. Es war immer schon zu spät, wenn ihr bewusst wurde, wie egoistisch und wenig schlagfertig sie war.

»Und was ist mit dir?«, fragte Viviane, voller Dankbarkeit für diese winzige Sympathiebekundung. »Was wird aus dir? Wann soll die Hochzeit sein? Das nennt man das Gesetz der Serie. Deine Schwester, ich. Ich spür's im kleinen Finger, dass du als Nächste dran bist.«

Während sie das sagte, zog Viviane Cyrille an sich und drückte auf den Knopf des Fahrstuhls, auf dem eine 3 eingraviert war.

»Ach ich, weißt du …«, sagte Cyrille in lustlosem Tonfall.

Diese kleine, stereotype Formulierung war ihr einfach so herausgerutscht. Sie besagte nichts; oder deutete vielmehr eine Menge falscher Dinge an wie: Ich interessiere mich nicht für Männer oder: Ich werde niemals heiraten oder: Ich bin sowieso zu hässlich, ich zähle nicht. Sie hätte es gerne ungeschehen gemacht, hätte die Überlegung getilgt und Viviane die Wahrheit gestanden: Sie wartete einfach auf einen Mann, der sie dazu bringen würde, auf der Straße innezuhalten und den Duft der Erinnerungen zu atmen. Durch diese einfache Erklärung, diesen aufrichtigen Satz wären Zaudern und Groll von Cyrille abgefallen. Sie sah Viviane an, deren weit geöffnete Augen nach innen gerichtet waren, voll seligen Erstaunens versunken in die Betrachtung ihres plötzlich erblühten Glücks. Ihr halb offener Mund zitterte leicht. Wie sollte man das der Feierlichkeit des Augenblickes angemessene Lächeln finden? Cyrille fühlte sich nicht berechtigt, das sanftmütige Strahlen ihrer Kollegin zu stören, und schwieg, einsam und voller Zweifel; sie war ein wenig enttäuscht nach fünfundzwanzig Jahren Leben nicht weitergekommen zu sein.

Es war ein ruhiger Morgen. Die Patienten auf der Station schienen sich abgesprochen zu haben, der Frischverlobten diese Ruhe zu schenken. In drei Stunden wurde nur zweimal geklingelt: Die 306 brauchte eine Vase für ihre Blumen, die 311 hatte sich im Knopf geirrt, als sie die Nachttischlampe einschalten wollte. Treu hörte Cyrille zu, wie Viviane mit Gott und der Welt telefonierte um ihre Hochzeit zu verkünden.

»Weißt du, was mein Papi gesagt hat?«, fragte Viviane, nachdem sie sich eine halbe Stunde lang in ihrem heimatlichen Limousiner Dialekt unterhalten hatte. »Er hat gesagt – ach nein, er ist ja so süß – er hat gesagt: ›Was ist das denn für ein Ding, dieser Karneval in Rio?‹ Ist er nicht putzig?«

Cyrille lächelte wie eine japanische Comicfigur ohne die Zähne voneinander zu lösen. Mehr hatte Vivianes Vater nicht verdient, schon gar nicht, wenn er so war, wie Cyrille ihn sich jetzt vorstellte, hoch oben auf dem Trecker, mit einem Sombrero auf dem Kopf.

»Und deine Mutter?«, fragte Cyrille, »was hat deine Mutter gesagt?«

»Sie hat gesagt, erst letzte Woche hat sie in Sankt Katherina eine Kerze angezündet um einen Ehemann für mich zu erbitten. *Verrückt*, findest du nicht! Stell dir vor, das funktioniert wirklich, die Götter und all das.«

Cyrille fragte sich, ob Viviane etwa auch für sie eine Kerze geopfert hatte. Ein dicker Stumpen, der in einer Kirche ihres Stadtviertels vor sich hin schwitzte und ihr die Segnungen einer guten Ehe aufs Haupt wünschte. Sie hörte das Zischen des Dochtes, der winzige glühend heiße Wachströpfchen um sich herum verspritzte; es war eine beklemmende Musik, eine Stimme – sicher die Stimme der Vernunft –, die immer leiser wurde, während sie immer noch dickköpfig den Mann erwartete, der ihr Herz gewinnen sollte.

»Weißt du«, begann Viviane von neuem, »ich glaube immer mehr ans Schicksal. Also, na klar, nicht so wie meine Eltern, ich gehe nicht in die Messe und so, aber ich habe wirklich den Eindruck, dass es da oben jemanden oder etwas gibt, das ein Auge auf uns hat.«

Als sie das sagte, blickte sie mit dem Ausdruck der Überzeugung zur Decke der dritten Etage auf und Cyrilles Augen folgten ihr. Während Vivianes Pupillen mühelos Putz und Eisenträger der oberen Stockwerke durchdrangen und den Himmel durchquerten bis zum göttlichen Äther, den sie sich von Engeln mit dicken Hintern und verkümmerten Geschlechtsorganen bevölkert vorstellte, blieb Cyrilles Blick an den über ihrem Kopf verklebten Styroporplatten hängen, wo sie vergeblich nach einem magischen Funken Ausschau hielt.

Viviane stieß einen langen Seufzer aus, begann Karteikarten zu sortieren, die sich bereits in schönster Ordnung befanden, und lächelte sie dabei zärtlich an. Cyrille nahm einen Roman zur Hand, den sie schon seit Wochen beginnen wollte. Zu ihrer großen Überraschung gelang es ihr zu lesen und alle Sätze zu verstehen, ohne dass ihre Gedanken die weißen Stellen im Text zum Anlass nahmen sich in endlosen Reflexionen zu verspinnen. Sie ließ sich von den Leben der Romanfiguren einnehmen, als wäre deren Existenz wichtiger und realer als ihre eigene. Die Pause war so erquickend, dass sie sich, als sie den Roman zuklappte um zum Kurs zu gehen, fragte, ob sie nicht den Beruf wechseln und Bibliothekarin oder Buchhändlerin werden sollte, damit sie sich von den Geschichten der anderen mitreißen lassen und im Hinblick auf ihre eigene Biographie für immer komplette Unwissenheit bewahren konnte.

Héloïse ist spät dran, sagte Cyrille zu sich selbst, als sie im Wartezimmer sofort das Fehlen ihrer Freundin bemerkte. Etwa fünfzehn mehr oder weniger dickbäuchige Frauen saßen dort auf orangefarbenen Plastikstühlen. Dafür, dass sie da waren, während die Einzige, die in ihren Augen zählte, zum Appell nicht erschienen war, hätte ihnen Cyrille am liebsten der Reihe nach die Kehlen durchgeschnitten. Sie zögerte, sie in den Kreißsaal hinüberzubitten, wo der Unterricht stattfinden sollte. Wenn Héloïse kam und niemanden antraf, würde sie womöglich wieder nach Hause gehen. Vielleicht hatte sie vergessen, dass es im Kurs Nr. 5 um die praktische Seite der Entbindung ging, einschließlich Liegen auf dem Kreißbett und Pressen-Üben. Gemurmel durchzog die Versammlung, das Cyrille sofort als Vorwurf auffasste.

»Also«, sagte sie und schaute sich in der Runde ihrer undisziplinierten Schülerinnen um, »sind Sie sicher, dass Sie den Saal der Qualen wirklich sehen wollen?«

Es war ihr bewusst, wie großspurig und deplatziert dieser Humor war, aber das war ihrer Meinung nach noch harmlos verglichen mit den Schmerzen, die sie jeder Einzelnen dieser Frauen am liebsten zugefügt hätte, zur Strafe, dass sie nicht Héloïse waren. Hätte sie auf ihre innere Stimme gehört, hätte sie ihnen weisgemacht, dass eine Zangengeburt so gut wie unvermeidlich war, und dass mindestens jeder zweite Kinderkopf davon grässliche Verformungen davontrug. Sie hätte ihnen auch zu verstehen gegeben, dass sie das Überleben der Geburtsschmerzen mit langen Jahren dumpfer, hartnäckiger Leiden bezahlen mussten. Sie hätte sie gedemütigt, sich über die Pfunde lustig gemacht, die sie an Armen und Oberschenkeln zugelegt hatten, und die wieder loszuwerden sie einige Monate kosten sollte.

»Wer möchte anfangen?«, fragte Cyrille, während sie ein sauberes Laken über die Kunstledermatratze des Kreißbettes breitete.

Niemand meldete sich. Eine Frau, die in ihrem roten Kleid einem giftigen Pilz glich, tat so, als suche sie etwas in ihrer Handtasche. Eine andere in geblümter Latzhose, in der sie wie ein verfettetes Baby aussah, richtete ihren Haarknoten. Eine Dritte in Jogginghose und Tennisschuhen sah mit der angestrengten Konzentration einer Hochsprungmeisterin kurz vor dem Startaufruf aus dem Fenster. Cyrille sagte nichts. Als gestrenge Lehrerin wollte sie das Schuldgefühl zuerst über allen Köpfen kreisen lassen, bevor sie ein Opfer erwählte.

»Sie da«, sagte sie endlich und zeigte mit dem Finger auf eine sehr junge Frau, deren zu weite Jeans von Männerhosenträgern gehalten wurden.

»Ich glaube, ich besser nicht«, antwortete sie mit einer Kleinmädchenstimme, »mein Muttermund ist schon offen und ich bin erst im siebten Monat schwanger, also ...«

Ihre Stimme versagte, während ihre Lippen weiter stumme Erklärungen formten.

»Wir wollen hier aber nicht übernachten«, sagte Cyrille, ohne sich, wie sie es sonst getan hätte, die Mühe zu machen, der Kleinen, die eine Frühgeburt befürchtete, Mut zuzusprechen. »Sie, ja, Sie, Madame«, fuhr sie fort und zeigte auf die Frau im roten Kleid. »Ist das Ihre erste Entbindung?«

»Nein, die zweite. Aber es ist schon so lange her. Ich will es gerne versuchen.«

Während sie auf das Kreißbett kletterte, lächelten ihre Leidensgenossinnen, von ihrer Erfahrung beeindruckt und bezaubert von ihrer Bescheidenheit. Cyrille sah auf die Uhr, dann zur Tür, und wieder auf ihre Uhr, fragte sich, was wohl mit Héloïse los war.

Die Frau im roten Kleid stellte ihre Füße auf die Beinhalter, zog ihr Kleid hoch und brachte zwei winzige Beinchen zum Vorschein, die Cyrille an den Frosch erinnerten, den zu sezieren sie sich in der fünften Klasse nicht hatte überwinden können. Knie und Fußgelenke waren sehr zart und die dort befestigten Muskeln traten als lange Bänder unter der mit unzähligen roten Flecken gesprenkelten Haut hervor. Etwas weiter oben saß der geometrisch gerundete Bauch lässig auf den mit Haut bedeckten Hüftknochen. Nachdem Cyrille ihr Blutdruckmessgerät auf einen Hocker gelegt hatte, streichelte sie zerstreut mit ihrer linken Hand das spitze weiche Knie und legte die rechte auf den Gipfel des Organberges. Unter ihrer Handfläche bildete sich eine Beule und verformte das vollkommene Rund des Unterleibes. Eine Sekunde lang trafen sich Cyrilles Blicke und die der rotgekleideten Frau in unwillkürlicher Komplizenschaft. Der Geist war über sie gekommen. Cyrille senkte die Lider und verlagerte ihren Händedruck auf die linke Seite. Höcker zog sich vom Gipfel zurück und beulte die Seite aus, magnetisch angezogen von den unbekannten Fingern, deren Wärme er durch die gespannte Haut der Gebärmutter hindurch spürte. Dieses Mal konnten alle bei dem magnetischen Schauspiel zuschauen, und die Frauen lächelten in schönster Eintracht, was durch ihre Gesten noch unterstützt wurde: Jede legte die Hand auf ihren Bauch und begrüßte ihren jeweiligen Höcker. Cyrille dachte an die verborgene Landschaft, die sich in diesem Moment formte, ein Wald von kleinen, nach oben gereckten Hinterteilen, die sich bereit machten einen Hymnus anzustimmen, den nur sie allein in ihrer behaglichen, flüssigen Behausung kannten. Cyrilles linke Hand hielt das Knie der Frau leicht umklammert und hinderte sich so daran, wie ihre Schwestern den bestätigenden Kontakt mit dem Bauch zu suchen. Die Hand wusste, dass ihr Druck keine Antwort erhalten würde.

»Pressen«, sagte sie.

Die Frau in Rot spannte ihre Bauchmuskeln an, der Hügel des Bauches verformte sich und verwandelte sich in eine Hochebene mit unregelmäßigem Bodenrelief.

»Entspannen«, sagte Cyrille, »Das haben Sie gut gemacht!«, fuhr sie fort und lächelte der Frau zu, die mit schüchternem Gesichtsausdruck das Kleid wieder über ihre Beinchen zog.

»Jetzt erkläre ich es für die Neuen«, fing sie wieder an, sobald das Bett von der Last des Fleisches befreit war.

Sie sprach über Muskeln, Blutdruck, Übergänge, Phasen, Entspannung und brachte ihre Zuhörerinnen mit immer neuen grotesken und kindlichen Vergleichen zum Lachen. Die Frauen betraten der Reihe nach die Bühne, lieferten ihren Atomschutzbunker der komischen Physiognomie aus, verformten und formten ihn wie eine lebendige Skulptur, befahlen den Höckern in ihren Handflächen, lächelten und waren sehr stolz über die erste öffentliche Darbietung ihres angebeteten Sprösslings.

Der Kurs dauerte länger als vorgesehen. Bevor die Frauen hinausgingen, kam jede von ihnen mit der Frage zu ihr, wie sie es einrichten konnte bei ihr zu entbinden, wann sie Dienst habe und ob man sich eine Hebamme aussuchen dürfe. Cyrille kostete diesen flüchtigen Triumph aus, wie man sich über eine gute Schulnote freut. Ihre Euphorie wurde jedoch durch die Gewissheit leicht gedämpft, dass der Erfolg unverdient war und sie nun die neue Aufgabe hatte eine schwer zu verteidigende Reputation aufrechtzuerhalten. Sie war sich auch nicht sicher, was sie vorzog, den Triumph der Verführung oder die kleinliche Rache. Wenigstens in ihrem Zorn war sie aufrichtig.

Sie ging zu ihrem Tresen-Schreibtisch zurück und bemühte sich die in ihr aufsteigende Freude niederzukämpfen. Sie konnte nicht verstehen, dass der immer gleiche Humor der Föten sie immer noch in seinen Bann schlagen konnte. Aber vielleicht machte das einen Teil ihrer Aufrichtigkeit aus? Dass sie sich immer wieder von der einfachen Magie des Lebens überraschen ließ? Viviane hatte Recht, es gab jemanden dort oben.

Eine Karte ragte leicht aus dem von Viviane aufgehäuften Stapel heraus. O-S-W-A-L-D las Cyrille auf dem Stück Pappe und riss es an sich, wodurch die anderen in alle Richtungen auseinander flattern.

»Was ist denn mit dir los?«, schrie Viviane, als sie ihren hübschen kleinen Stapel wie ein Kartenhaus zusammenfallen sah.

»Warum hast du mir nichts davon gesagt?«, fragte Cyrille, ohne den Blick von dem Stück Papier zu lösen, auf dem stand, dass Mademoiselle Oswald am Vortag als Notfall eingeliefert worden war, wegen zu wenig Fruchtwasser, Gefährdung des Fötus und drohender Frühgeburt.

»Wovon denn?«, fragte Viviane und stand von ihrem Hocker auf um die Karten wieder einzusammeln. »Nichts gesagt wovon?«

»Ich finde, du könntest mich wenigstens über die Neuaufnahmen auf dem Laufenden halten. Das ist das Mindeste«, sagte Cyrille und hielt Viviane Héloïses Karteikarte unter die Nase.

»Wer soll denn das sein, Mademoiselle Oswald? Kenne ich nicht. Weiß nichts davon. Wie soll ich dich über Sachen auf dem Laufenden halten, die ich selber nicht weiß?«

»Wer hat sie untersucht?«, fragte Cyrille und riss Viviane die Akte aus den Händen.

»Also wirklich, immer mit der Ruhe. Bist du mit ihr verwandt oder was?«

»Verwandt, verwandt, du hast immer nur die Familie im Kopf. Du redest von nichts anderem mehr. Dein Papi, deine Mami und bald dein Männe. Stell dir nur vor, es gibt wichtigere Leute als die Familie.« Cyrille hatte gesprochen ohne den Blick vom Bericht der Dienst habenden Hebamme zu wenden, deshalb konnte sie nicht sehen, wie Vivianes Gesichtsausdruck zwischen Schmollen, Überraschung und Hass hin und her schwankte. Jeder ihrer Gesichtszüge bildete seinen eigenen Ausdruck, als wären sie plötzlich voneinander unabhängig geworden, als könne das Gehirn sich nicht zwischen den verschiedenen Reaktionen entscheiden und habe deshalb den Gesichtsmuskeln freien Lauf gelassen. Das Ergebnis kam einer ständigen Auflösung und Neubildung der Mimik gleich, die sich vollkommen widerstandslos den Marotten der schelmischen Nervenverbindungen auslieferte.

»Hör mal, Cyrille, hör mir jetzt mal gut zu«, sagte Viviane und presste den kleinen, neu sortierten Karteikartenstapel gegen ihren Bauch. »Ich beobachte dich schon seit einiger Zeit, denn stell dir vor, ich finde dich schon seit längerem ziemlich seltsam. Du bist aggressiv. Du merkst nicht, dass du andere Leute verletzt. Du bist launisch und kümmerst dich nicht um die anderen. Ich frage mich wirklich, was das für Auswirkungen auf deine Arbeit hat. Du kannst sicher sein, dass ich dich nicht oben anschwärze. In meiner Familie gibt es keine Petzen. Ich will nur sagen, dass ich dich … dich … dich … einfach satt habe.«

Sie hielt einen Moment zum Luftholen inne und nutzte die Gelegenheit, auf dem gesenkten Gesicht ihrer Kollegin nach der Wirkung ihrer kleinen Strafpredigt zu forschen. Cyrille war unergründlich. Nur ihre Lippen schienen belebt und murmelten etwas vor sich hin.

»Du bist, wie soll ich sagen, zerstreut. Du hörst nicht zu, wenn man mit dir spricht, das Leben der anderen ist dir egal. Du interessierst dich nur für dich, dich, und nochmals dich. Hältst du mich für bekloppt oder was? Bestimmt lachst du über mich, mit deiner Schwester, dem Opernstar. Oder etwa nicht? Du erzählst ihr, wie meine Eltern aussehen auf dem Foto, das ich dir gezeigt habe, oder? Aber ich bin stolz auf meine Eltern. Sie haben ihr ganzes Leben gearbeitet um mich großzuziehen und aus mir das zu machen, was ich jetzt bin. Und sie arbeiten immer noch. Stell dir vor, in der Landwirtschaft gibt es keine Rente.«

»Kennst du meine Schwester?«, unterbrach Cyrille plötzlich und sah zu ihrer Kollegin hinüber.

»Geht es dir nicht gut, oder was? Natürlich kenne ich deine Schwester. Sie heiratet.«

»Und du glaubst sie zu kennen, bloß weil sie heiratet. Vielleicht glaubst du sogar, sie besser zu kennen als ich selbst, nur weil du auch heiraten wirst, während ich als alte Jungfer ende. Ich verstehe nichts davon, ist es das, was du sagen willst?«

»Was ist denn jetzt schon wieder los? Ich kenne deine Schwester schon immer. Ich meine, seitdem ich dich kenne, kenne ich sie auch. Das ist doch normal.«

»Entschuldige mich bitte.«

Cyrille stand auf und steckte Héloïses Karte in ihre Kitteltasche.

»Wohin gehst du?«, rief Viviane ihr nach.

»Ich schau mal eben bei den Kannibalen vorbei«, antwortete Cyrille ohne sich umzudrehen.

Sie hörte, wie ihre Antwort im Flur nachhallte und von den Mauern zu ihren Ohren zurückgeworfen wurde. Sie hatte den Eindruck, einen Fluch über sich selbst gesprochen zu haben, und fragte sich, ob Viviane ihr zur Hilfe eilen würde um sie vor dem Heißhunger der Menschenfresser zu retten. Bevor sie zu den Zimmern 307 bis 315 um die Ecke bog, sah sie sich noch einmal um, in der Hoffnung dem Blick ihrer Kollegin zu begegnen und in ihm Verzeihung und Anerkennung zu finden. Ein einziger Blick hätte ihr als Absolution für die Szene, die sie provoziert hatte, genügt und sie darin bestätigt, dass sie immer noch dieselbe Cyrille war, seit fünfundzwanzig Jahren dasselbe Fleisch und Blut. Aber Viviane bohrte die Augen mit schief gelegtem Kopf tief in die ihr gegenüberliegende Wand. Die heilige Viviane, dachte Cyrille. Ich werde ihr ein schönes Hochzeitsgeschenk machen. Etwas wirklich Originelles. O nein, ich mache mich nicht lustig. Ein prächtiges Geschenk, zum Dank für ihre Klarheit und Offenheit. Sie wird mir verzeihen und alles wird wie früher sein.

Héloïses Zimmer war nur noch drei Türen von ihr entfernt, aber der Weg, der noch vor ihr lag, kam ihr endlos vor.

Cyrille öffnete mit angehaltenem Atem die Tür. Héloïse lag im Dämmerlicht, ihre Knie ragten wie zwei Berge aus Bettlaken. Sie las und schaute nicht auf, als sie hörte, wie Cyrille eintrat.

»Guten Tag«, sagte Cyrille beklommen.

Héloïse legte, immer noch mit gesenktem Blick, ihr Buch beiseite, als wolle sie zu verstehen geben, dass sie sich gestört fühlte.

»Guten Tag«, sagte sie tonlos.

»Sie ...«, Cyrille zögerte einen Moment. Sie wollte Héloïse fragen, ob sie sie wieder erkannte, aber wagte es nicht. »Sie sind schon lange hier?«

»Ich warte schon stundenlang, dass jemand nach mir schaut. Ich fühle mich wie ein Hund im Tierheim. Seit gestern Abend hat mich niemand untersucht. Ich weiß noch nicht einmal, ob mein Kind ...«

Sie begann zu schluchzen und konnte den Satz nicht zu Ende bringen.

Cyrille ging zum Bett und nahm ihre Hand.

»Wenn niemand zu Ihnen gekommen ist«, sagte sie mit besonders sanfter, fast flüsternder Stimme, »heißt es, dass alles in Ordnung ist.«

»Wenn alles in Ordnung wäre, wäre ich nicht hier«, sagte Héloïse und zog ihre Hand zurück. »Es hat so wehgetan. Noch nie hat mir etwas so wehgetan. Im Bauch, im Kreuz. Wenn die Geburt dermaßen wehtut, frage ich mich, ob es das wert ist.«

»Die ersten Wehen sind immer beeindruckend«, sagte Cyrille und zog ein Fieberthermometer aus der Tasche. »Aber man gewöhnt sich daran. Und Sie werden sehen, dass man in der Austreibungsphase nicht mehr an den Schmerz denkt. Das werden Ihnen alle anderen Frauen bestätigen. Die Schmerzen, die Sie gestern hatten, waren unerträglich, weil sie keinen Zweck hatten, aber wenn man weiß, dass sie dazu da sind, dem Kind auf die Welt zu helfen, ist das etwas ganz anderes, das ist ...«

»Haben Sie Kinder?« Warum musste die gefürchtete Frage ausgerechnet aus Héloïses Mund kommen? Keine Einzige der Frauen, denen sie geholfen hatte, hatte bisher ihre Kenntnis der Sache in Zweifel gezogen.

»Cyrille!«, rief Héloïse plötzlich aus und zeigte auf das Namensschild an Cyrilles Kittel. »Ich habe Sie gar nicht erkannt. Geht es Ihnen gut. Duzen wir uns? Ich kann mich nicht erinnern.«

»Wenn Sie möchten.«

»Ich bin ja so froh dich zu sehen«, seufzte Héloïse und nahm ihre Hand.

Cyrille lächelte und ihre Finger entspannten sich bei der Berührung mit Héloïses weicher, warmer Handfläche.

»Ich bin auch froh Sie zu sehen.«

»Ich dachte, wir duzen uns.«

»Ich bin sehr froh dich zu sehen«, wiederholte Cyrille und drückte die Hand ihrer Freundin etwas fester. »Was ist passiert?«

»Horror. Der blanke Horror. Gestern Nachmittag bin ich aus dem Haus gegangen um ein paar Einkäufe zu machen und bekam in der Metro plötzlich furchtbare Bauchschmerzen. Ich fühlte mich wie mitten entzweigerissen. Konnte mich nicht mehr rühren. Ich habe meine Station verpasst. Ich wusste mir nicht zu helfen. Da habe ich dem Typen neben mir gesagt, er soll auf den Alarmknopf drücken, aber er tat so, als würde er mich nicht hören. Ich sah mich bereits im Metro-Waggon mein Kind bekommen. Kannst du dir die Szene ausmalen?«

Cyrille lächelte.

»Schließlich hat mir eine Frau geholfen. Eine *großartige* Schwarze in rot-gelbem Kleid mit passendem Turban auf dem Kopf.«

Cyrille biss die Zähne zusammen. Sie konnte es nicht leiden, wenn man regelmäßig das Adjektiv *großartig* vor *Schwarze* setzte, als fühlte man sich bemüßigt nebenher einfließen zu lassen, dass man kein Rassist war, und als wäre es eine Schande einfach nur »Schwarze« zu sagen. Aber vielleicht war es alles in allem einfach nur die Wahrheit? Vielleicht war die Frau, die Héloïse geholfen hatte, wirklich wunderschön, mit dicken Schultern rund wie Oberschenkel und einem glatten, flachen Gesicht, wie ein von Wellen abgeschliffener Kieselstein.

»Sie fragte, was ist los, und ich antwortete, ich habe Angst an Ort und Stelle, da in der Metro mein Kind zu bekommen. Sie hat sich schief gelacht, hat mich unter den Achseln gepackt und aus dem Waggon geschafft; ich kam mir federleicht vor. Sie hat mich auf den Bahnsteig gesetzt und gesagt, ich soll mich nicht bewegen und warten. Dann ist sie mit zwei Typen von der Metro zurückgekommen, denen das offensichtlich ganz schön peinlich war und na ja, dann haben sie mich mitgenommen, den Krankenwagen gerufen und dann war ich hier. Ich habe noch nie solche Angst gehabt.«

Als sie die Erzählung ihres Missgeschicks beendet hatte, seufzte sie und Cyrille hatte wieder einmal das Gefühl, sie hätte etwas sagen sollen. Ihre Lippen waren wie zusammengeschweißt.

»Jetzt scheint es ja wieder besser zu gehen«, sagte sie endlich.

Das war offenbar die falsche Antwort gewesen. Héloïse verfiel erneut in ihre jämmerliche Stimmung und richtete den Blick aus dem Fenster um das Feld ihres Leidens auszudehnen. Sie atmete vernehmlich, eine Hand lag auf ihrem Bauch, die andere unter dem Kopf. Cyrille dachte an die Armee von erhobenen Hinterteilen, die sie vor wenigen Stunden begrüßt hatte, und ließ ihre Hand zwischen das Laken und Héloïses Bauch gleiten. Das Wunder würde wieder geschehen. Der Buckel würde sich zwischen ihre Lebens- und ihre Glückslinie schmiegen und ihr in seiner glucksenden Sprache die Zukunft vorhersagen. Der Stoff des klinikeigenen Nachthemdes, das Héloïse trug, verrutschte unter dem Druck und Cyrille musste einen Augenblick tasten, bevor sie sicheren Halt fand. Sie drückte ein wenig, massierte das Fleisch mit kreisenden Bewegungen um den unsichtbaren Kobold zu ihrer Hand zu rufen. Keine Antwort. Héloïses Haut war hart wie der Boden eines Schmortopfes. Cyrille setzte sich auf die Bettkante und legte ihre andere Hand auf den Gipfel des Hügels. Héloïse sah sie noch immer nicht an. Die Hand, die auf dem Bauch gelegen hatte, hatte sich wie zu einem wohltuenden Sonnenbad zu der anderen unter dem Kopf gesellt.

»Ich spüre nicht mehr, dass es sich bewegt«, sagte sie. »Seit Tagen liegt es wie ein Stein in meinem Bauch. Jeder Versuch ist zwecklos. Die Hebamme von gestern hat ein CTG geschrieben. Sie hat gemeint, das Herz schlüge ganz normal. Aber wenn sie sich geirrt hat? Da sind ja auch noch meine Herzschläge. Vielleicht hat sie es verwechselt.«

»Da gibt es nichts zu verwechseln«, sagte Cyrille bestimmt. »Das ist etwas ganz anderes. Das Herz eines Föten schlägt viel ...«

Sie unterbrach sich, weil sie glaubte unter ihren Händen ein leichtes Rumoren gespürt zu haben.

»Sag, was du willst«, antwortete Héloïse, als habe sie das Vibrieren ihrer Innereien nicht bemerkt. »Für euch ist das einfach. Ihr habt die Apparate und außerdem ist es nicht euer eigenes, deshalb vertraut ihr darauf. Für euch ist das nur eine Lappalie. Aber ich frage mich ständig, ob es nicht in mir gestorben ist. Es ist ja schon seltsam genug, dass es überhaupt da ist.«

Nur ihr Mund bewegte sich, der Rest ihres Körpers verharrte in reglosem Schmollen. Mit geschlossenen Augen massierte Cyrille weiter die betonharten Seiten.

»Es hat sich bewegt«, rief Héloïse und setzte sich unvermittelt auf.

Cyrille öffnete wieder die Augen und lächelte Héloïse an, deren Kind sich in ihre hohle Hand schmiegte. Sie ließ ihre Handfläche kreisen und der kluge Höcker folgte ihr wie ein braves Schaf.

»Wie hast du das bloß gemacht?«, fragte Héloïse. »Das ist ja Hexerei.«

»Nein, das ist mein Beruf«, sagte Cyrille und nahm ihre Hand, damit sie von außen die Bewegungen ihres Babys spüren konnte. »Man muss es nur wollen«, fügte sie hinzu und verschränkte die Arme vor der Brust.

»Glaubst du, sie behalten mich lange hier?«

Dein ganzes Leben lang, dachte Cyrille. Sie werden dich ewig hier behalten und ich werde mich um dich kümmern. Ich werde dir das Essen bringen, dein Bett neu beziehen, dir vorlesen.

»Ich weiß nicht«, sagte sie und las noch einmal Héloïses Karteikarte. »Es kommt darauf an.«

»Worauf kommt es an. Ist es etwas Ernstes?«

»Nein, überhaupt nichts Ernstes. Du brauchst einfach nur Ruhe. Außerdem muss man beobachten, wie sich die Sache weiter entwickelt; das geht leichter, wenn du hier bleibst.«

»Aber ich kann Jacob nicht ganz alleine zu Hause lassen. Er ist ein richtiges Kind. Er kann sich noch nicht einmal ein Ei kochen. Wenn ich nicht da bin, wird er vor Hunger sterben. Diese Typen, die keine Verantwortung übernehmen, sind zum Kotzen. Verstehst du? Ich habe das Gefühl, dass alles auf mir lastet. Und jetzt sind wir erst zu zweit. Wenn es geboren wird«, – sie sah auf ihren Bauch – »wird es noch schlimmer werden. Denn Jacob ist nicht der Typ neuer Vater. Noch nicht mal der Typ alter Vater. Er ist eher so eine Art Klotz am Bein, verstehst du? Ein Kind. Manchmal habe ich das Gefühl seine Mutter zu sein.«

Cyrille hörte zu und verzog, während Héloïse weitersprach, ohne dass es ihr bewusst wurde, zweifelnd den Mund. Ihr Kopf neigte sich leicht zur Seite, als wolle sie die Worte ihrer Freundin an ihrem Ohr vorbeihuschen lassen. Es gab Dinge, die sie nicht gerne hören wollte. Es kam ihr so vor, als wäre Héloïse auch noch ein Kind. Sie war sich fast sicher, dass auch sie nicht wusste, wie man ein Ei kochte. Sie hatte kleine, gepflegte, eigensinnige und niedliche Hände, die man am liebsten zwischen zwei Lagen aus gelber Watte gepackt und in eines jener kleinen, billigen Plastik-Schmuckdöschen gelegt hätte.

»Aber was soll's«, fing Héloïse wieder an, »ich liebe ihn, wie es in dem Lied heißt. Am Anfang habe ich nicht geglaubt, dass ich mal bei so einem Typen landen würde. Ich bin immer mit älteren Männern gegangen. Ich war immer schon ziemlich reif für mein Alter, deshalb hat mich der Altersunterschied nicht gestört, eher im Gegenteil. Na gut, es ist wie es ist, die Würfel sind gefallen. Und außerdem habe ich solche Lust ein Baby zu bekommen. Es wird so wundervoll sein. Übrigens hast du mir eben keine Antwort gegeben, hast du auch Kinder?«

»Nein.«

»Aber du möchtest welche.«

»Ich ..., ich weiß nicht. Es ist noch zu früh dafür.«

»Wie alt bist du?«

»Fünfundzwanzig.«

»Schau mich an, ich bin sechsundzwanzig und ich versichere dir, dass es nicht zu früh ist. Nein wirklich, du kannst mir glauben.«

Es hatte nichts mit dem Alter zu tun und Cyrille fragte sich, wie Héloïse das nicht begreifen konnte. Wie konnte man daran denken, Kinder zu bekommen, wenn man noch nicht einmal einen Mann hatte, mit dem man sie machen wollte?

»Weißt du«, gestand sie, »ich habe keine feste Beziehung oder so was. Ich habe keinen Freund.«

Beim letzten Satz errötete sie, denn er klang in ihren Ohren wie eine Klage.

»Das kann nicht wahr sein«, rief Héloïse, »Das glaube ich dir nicht. Also ich halte es jedenfalls keine zwei Wochen alleine aus.«

Cyrille hätte sich am liebsten in Luft aufgelöst. Sie sah zum Fenster hinaus und bekam Lust sich ins Nichts zu stürzen. Héloïse erdrückte sie. Wie sollte sie es nur fertig bringen, hinauszugehen, die Unterhaltung zu beenden und die fröhliche Tyrannin ihr gegenüber zu verlassen, mit ihrem nach Maiglöckchen duftenden Körper, ihren rundlichen Zehen unter der Bettdecke, ihrem feuchten Lächeln und ihren großen Augen, wie die Ziege von Monsieur Séguin? Sie jagte ihr Angst ein, wie ihre Mutter. Warum ängstigt man sich vor Menschen, die man liebt? Cyrille bekam Lust zu weinen und sich im Schrank im Haus ihrer Eltern zu verstecken. Dort war ihr Platz, zwischen den duftenden Wänden und den Schuhschachteln. Geschützt vor den Blicken war sie dennoch anwesend, genug, um das Murmeln des Lebens hören zu können, aber ohne daran teilnehmen zu müssen. Ein Teil ihrer selbst blieb immer hinter oder über ihr zurück um zu beobachten, dümmlich zu lachen und sie mit dem Ellbogen in die Seite zu stoßen. Wie konnte sie mit jemand anderem zusammen sein, wenn sie bereits mit sich selbst zusammen war, wie eine siamesische Schwester, ein durch sein ständiges inneres Zwiegespräch zur Einsamkeit verurteiltes Zwillingspaar?

Héloïse zwinkerte mit den Augen und presste ihre Lippen zu einem mitfühlenden Lächeln zusammen. Ich weiß, wie das ist, sagte das weiße Gesicht über den weißen Laken. Wie der Mond hing es vor dem Hintergrund der wassergrünen Wand und Cyrille bekam Lust, es abzunehmen und mit aller Kraft, rumms, wie einen Fußball durch das Fenster zu schießen, rumms, durch die Bäume auf dem Hof, rumms, durch die Stratosphäre, die Wolken und alles Übrige. Wenn du dich schon für einen Engel oder für Gott hältst, dann geh zurück zu deinesgleichen, ins Paradies der Einfältigen, die alles schon wissen.

»Merkwürdig«, sagte Cyrille und vergrub ihre Hände in den Kitteltaschen, »mir wird gerade klar, dass ich immer alleine auf der Welt war.«

Héloïses Lächeln erstarb und ihr fiel wieder ein, dass sie schreckliche Bauchschmerzen hatte.

»Kann ich ein Schmerzmittel bekommen?«, sagte sie ohne Cyrille dabei anzusehen und bestrafte sie so dafür, dass sie das Almosen ihrer Sympathie nicht angenommen hatte.

»Alles was du willst«, sagte Cyrille. »Ich werde mich gut um dich kümmern.«

Schon als Cyrille den Schlüssel in der Tür umdrehte, hörte sie das Läuten des Telefons. Sie beeilte sich nicht gerne, wenn sie nach Hause kam; lieber ließ sie sich Zeit, schaltete alle Lichter an, machte eine Runde und inspizierte Badezimmer, Küche und Kleiderschrank. Nicht aus Aberglauben, sondern eher aus Gewohnheit, wegen eines in ihrer Kindheit gegebenen Versprechens, weiterhin und für alle Ewigkeit an die Existenz von Feen, Kobolden und Monstern zu glauben. Sobald sich der Schließmechanismus öffnete, hatte sie nur noch eins zu tun: Beten, dass das Läuten nicht aufhörte, während sie den Weg zwischen der Türschwelle und dem Nachttisch zurücklegte, auf dem das Telefon stand.

»Hallo?«

»Cyrille? Bist du gerannt? Du bist ganz außer Atem?«

»Nein, überhaupt nicht. Ich komme gerade von der Arbeit zurück, das ist alles. Ich habe schon im Treppenhaus das Telefon läuten gehört, also habe ich mich beeilt.«

»Hast du unser spezielles Telefonklingelgebet gesprochen?«

»Ja.«

»Ist doch *genial*, dass es funktioniert oder?«

»Nur, weil du es bist. Bei anderen funktioniert es nicht immer.«

»Also gut, leg deine Sachen ab, ich bleibe dran.«

Cyrille tat, was ihre Schwester gesagt hatte, und lächelte. Als sie sich aufs Bett setzte um den Hörer wieder aufzunehmen, hatte sie ein schlechtes Gewissen, weil sie Mascha nicht öfter anrief. Warum vertraute sie sich ihr nie an. Sie waren immer Schwestern gewesen und würden es immer bleiben. Diese Gewissheit war nicht weniger wert als manche andere.

»Hallo? Ich bin fertig. Tasche abgestellt, Mantel aufgehängt, ich sitze auf dem Bett.«

»Na dann, sage mir zuerst, wie es dir geht.«

»Gut. Es kommt mir so vor, als hätten wir uns seit Monaten nicht gesprochen.«

»Ich weiß. Es ist wirklich unmöglich. Das liegt an unseren Berufen.«

Unwillkürlich hielt Cyrille den Hörer weiter von ihrem Ohr entfernt.

»Und wie geht es dir?«, fragte sie um der üblichen Erzählung über Schwierigkeiten und Freuden der Arbeit auszuweichen.

»So la la. Du weißt, dass heute Abend Premiere im *Châtelet* ist?«

»Aber ja, natürlich. Und?«

»Ich habe furchtbares Lampenfieber, aber na ja, normalerweise ist das eher ein gutes Zeichen. Die Inszenierung ist unmöglich. Du kannst dir das nicht vorstellen. Sie ist so was von bescheuert. Ich fühle mich wie in *Au Théatre ce soir.* Du müsstest mal mein Kostüm sehen, ich sehe darin aus wie ein Gürkchen *à la russe.* Es ist nicht nur gürkchengrün, o ja, ungelogen, das stimmt, gürkchengrün. Ich weiß auch überhaupt nicht, was dem Kostümbildner eingefallen ist, ob er den Empirestil zitieren wollte oder ich weiß nicht was, es ist kein bisschen tailliert, es fällt einfach gerade von der Brust runter, wie ein Gürkchen, ich schwöre es.«

»Hast du nichts dagegen machen können?«

»Ach weißt du, ich begnüge mich mit dem Singen. Wenn man anfängt zu protestieren, wird es nur schlimmer. Das ändert auch nichts. Man erreicht damit nur, dass man für eine Querulantin gehalten wird. Na vielen Dank. Dann lieber das Gürkchen.«

»Wir werden einfach die Augen zumachen.«

»Ja, genau. Nein, und außerdem übertreibe ich, denn sicher ist es nicht so schlimm. Jedenfalls die Musik ist großartig. Ich glaube, dass ich vor allem den Humor des Regisseurs nicht verstehe. In der Giftszene, weißt du, wenn Despina als Arzt verkleidet auftritt, komme ich mir vor wie in *Titi et Gros Minet*. Aber ich langweile dich nur mit meinen Geschichten. Ich rede und rede, das ist mein Fehler, ich nehme immer so viel Raum ein. Manchmal schäme ich mich. Daniel hat mich darauf hingewiesen. Er sagt, ich habe eine hysterische Persönlichkeitsstruktur. Er sagt, ich höre nicht auf zu reden, weil ich Angst vor der Leere habe.«

»Ich auch«, unterbrach sie Cyrille.

»Hä? Du auch was? Du findest auch, ich rede zu viel?«

»Nein, ich habe auch Angst vor der Leere.«

»Vielleicht, aber wenigstens behältst du es für dich. Daniel sagt, wir sind sehr verschieden.«

Soll er sich doch abkratzen, dieser Daniel, dachte Cyrille.

»Bist du froh, dass du heiratest? Ich weiß, die Frage ist dumm, aber wie fühlst du dich dabei?«

»Es macht mir Angst.«

»Angst wovor?«

»Ich weiß nicht. Ich habe vor dem Ganzen Angst. Angst, dass wir uns nicht verstehen. Angst, eingesperrt zu sein. Angst, Kinder zu bekommen. Angst, es nicht zu schaffen.«

»Was, Kinder zu bekommen?«

»Nein, ja, ich weiß nicht. Eigentlich bist du in einer viel besseren Ausgangslage als ich. Es ist dein Beruf. Es ist ... sag mal, hast du denn keine Angst?«

»Angst wovor?«

»Kinder zu bekommen. Du weißt doch, wie das ist.«

»Ich? Nein. Ich weiß, wie die anderen es machen. Ich weiß, wie eine Frau ein Kind zur Welt bringt, aber das weiß jeder. Ich weiß nicht, ob ich Angst habe. Ich möchte mich so gerne verlieben, ich würde den Märchenprinzen mit Haut und Haar auffressen, sobald er nur auftauchte.«

Mascha brach in Gelächter aus und Cyrille spürte, wie sie von Kopf bis Fuß errötete.

»Ich liebe dich«, sagte Mascha. »Ich liebe dich so sehr. Ich frage mich, warum ich dich nicht öfter anrufe.«

Cyrille spürte einen Kloß im Hals.

»Ja.«

»Ja, ja, mein Kleiner, ja«, sang Mascha. »Eine Schwester ist doch etwas Besonderes. Verstehst du, zum Beispiel, ich rufe dich einmal im halben Jahr an, aber wenigstens bringst du mich zum Lachen. Mit Daniel ist alles so ernst, so schwer. Es lässt mich an den Tod denken. Ungelogen. Seitdem ich ihn kenne, denke ich dauernd an den Tod.«

»Du redest Blödsinn. Reg dich nicht auf. Heute Abend wird es *genial* sein. Und alles andere auch. So, jetzt muss ich mich umziehen, wenn ich halbwegs angemessen erscheinen will. Küsschen. Bis gleich.«

»Dir auch, Küsschen. Denkst du im zweiten Akt an mich?«

»Versprochen.«

Cyrille hielt den Hörer gegen ihr Ohr, um auch ja das Klicken beim Gesprächsende zu hören. Nach einigen Sekunden legte sie ihn sorgfältig auf die Gabel zurück, streckte sich auf dem Bett aus und begann zu weinen. Arme kleine Mascha in ihrem Gürkchenkleid. Wie würde sie wohl in ihrem Hochzeitskleid aussehen? Wie ein weißes Rübchen?

Cyrille schluchzte so heftig, dass ihr davon der Hals schmerzte. Der Länge nach lag sie auf dem Bauch, ballte die Fäuste unter der Brust und presste den geöffneten Mund auf die Tagesdecke, die sie mit Tränen und Rotz tränkte.

Dann stand sie plötzlich auf. Ihr Körper zitterte, ihre Haut war dünn wie Pergament. Mit gesenkten Lidern wandte sie leicht den Kopf nach hinten und streckte allen Cyrilles, die in ihr aufeinander gefolgt waren, die Hand hin, dem Baby, dem kleinen Mädchen, der Jugendlichen. Nichts geschah. Ihre Vergangenheit war wie ein verlassenes Haus inmitten einer Wiese. Sie sah es nur von weitem, wenn sie die Augen zusammenkniff, knapp vor dem Horizont. Aus und vorbei, sie sollte niemals mehr das Recht haben, dorthin zurückzukehren.

Auf der Suche nach Falten untersuchte sie vor dem Badezimmerspiegel die Umgebung ihrer Augen. Sie war darauf gefasst gewesen, dem Spiegelbild einer alten Frau zu begegnen. Sie trat einen Schritt zurück um sich bis zur Taille betrachten zu können. Eine Gazelle. Sie schminkte sich sehr langsam und fragte sich dabei, was sie aus sich selbst machen konnte. Es schien ihr, als wäre ihr Leben zu Ende. Das Rad hatte sich gedreht. Sie war wieder am Ausgangspunkt angelangt. Mascha konnte weinen, Héloïse auch. Ehe, Kinder, das richtige Leben. Cyrille fragte sich, was mit ihr los war, dass sie ständig zerbröselte, als wäre das Metall, aus dem sie gemacht war, mit Stroh vermischt.

Die Rollen schienen vertauscht zu sein.

»Aber warum weinst du denn?«

»Weil ich traurig bin«, hatte Mascha geantwortet.

»Bist du traurig, weil Mama weggegangen ist?«, hatte Cyrille gefragt und ihren mageren Arm um die Schultern ihrer Schwester gelegt.

»Nein.«

»Was ist denn los?«

Marion antwortete nicht. Sie schluchzte fast bis zum Ersticken, und weil Cyrille nicht wusste, was sie tun sollte, massierte sie ihr die Oberarmmuskeln und sah sich im Zimmer um.

»Wenn du willst, kannst du heute Nacht meinen Bären mit ins Bett nehmen«, sagte sie und dachte, dass ein solches Opfer Marion vielleicht besänftigen konnte.

Marion sagte nichts.

»Soll ich Papa holen?«

»Nein.«

»Aber sag mir doch endlich, warum du weinst.«

»Weil er kein Salz an die Spaghetti getan hat«, sagte Marion stockend zwischen zwei Schluchzern.

Cyrille runzelte die Stirn.

»Ja und?«

»Das ist doch schrecklich. Die Spaghetti waren ungenießbar.«

»Finde ich nicht. Und außerdem weint man nicht, weil die Spaghetti nicht schmecken.«

»Ach lass mich doch in Ruhe. Das kannst du nicht verstehen.«

Cyrille verließ ihre große Schwester, die sich auf ihr Bett warf, und schloss sich in ihrem Zimmer ein. Sie nahm ihren Bären auf den Schoß und kraulte ihm den Kopf.

»Robert, du haarst«, sagte sie zu ihm.

Lange blieb sie auf dem Boden sitzen und hörte durch die geschlossenen Türen dem Weinen ihrer Schwester zu. Sie versuchte zu verstehen: Mama ist weggegangen, aber aus gutem Grund. Sie ist zur Arbeit gegangen. Das ist nicht schlimm. Papa kümmert sich um uns. Er kann keine Spaghetti kochen. Robert haart. Das war schon trauriger.

Wie bin ich nur eine solche Heulsuse geworden?, fragte Cyrille sich selbst. Ich war so ein unkompliziertes Kind. Ich habe nie geweint. Jedenfalls fast nie. Jetzt wurde sie schon beim bloßen Anblick eines Tellers mit Spaghetti traurig.

Sie wählte ein Kleid aus dem Kleiderschrank, das sie vor einem Monat gekauft, aber noch nie angezogen hatte. Es war aus braunem, leicht elastischem Stoff mit winzigen weißen Motiven. Das runde Dekolleté war tief ausgeschnitten und ließ den Brustansatz frei. Sie schlüpfte in Ballerinas aus dunkelbraunem Wildleder, die ihre Schwester ihr geliehen hatte. Als sie die Jacke vom Kleiderständer nahm, hatte sie das Gefühl jemand anderes zu sein.

Im Bus versuchte sie an Héloïse zu denken und sich einzureden, dass sie einander sehr nahe standen und dass die Einlieferung ihrer Freundin in die Klinik ein Zeichen war, ein Geschenk des Schicksals. Sie musste die Gelegenheit nützen, musste die perfekte Krankenschwester aus dem Western sein mit totaler Selbstverleugnung und lauwarmen Kompressen auf der Stirn des Kranken, begleitet von einer beruhigenden Litanei aus mit mütterlicher Stimme hervorgebrachtem »La la la«. Sie versuchte, ihre gesamte Großzügigkeit in sich selbst zu bündeln und Ordnung in ihre Wünsche zu bringen, damit sie schließlich genauso rein wie eine Novizin war, die den Schleier nimmt. Ein Leben der Hingabe für Héloïse, eine schreckliche und heilsame Leidenschaft. Aber immer, wenn sie versuchte diese Entscheidungen zu illustrieren und sich vorzustellen, wie sie Stunden am Bett der 308 wachte, blieben ihre Augen an dem Plan an der Decke hängen, auf dem die Busroute aufgezeichnet war. Sie konnte sich nicht davon abhalten, immer wieder die Namen der Bushaltestellen zu lesen und gelegentlich zu überprüfen, ob sie die gelochte Fahrkarte noch in der Hand hielt. Sie lächelte wegen ihrer ungewollten Untreue und ihre Schwüre der Dienstbarkeit verwandelten sich in sarkastische Überlegungen. »Eine großartige Schwarze!« Also wirklich, wofür hält Mademoiselle Oswald sich eigentlich, mit ihren läppischen Schmerzen und kindischen Ängsten? Cyrille spreizte leicht die Beine, bis der Stoff ihres Rockes glatt gespannt war, und legte ihre Hände auf die kleine Stofffläche, die ihre Schenkel bedeckte. Weich und ruhig, gewiegt vom Brummen des Motors, beschloss sie sich von nun an nicht mehr anzustrengen.

5

Cyrille nahm neben ihrer Mutter Platz, die sich mit dem Programm lautstark Luft zufächelte. Sie wirkte besorgt, ihre Lippen waren zusammengekniffen, als hätte sie sich mit ihrem Mann gestritten. Cyrille bekam Lust sie in den Arm zu nehmen, zu trösten und ihr zu sagen, sie solle sich keine Sorgen machen. Am liebsten hätte sie sich auch ihrem Vater mit den erschlafften Wangen an den Hals geworfen. Jeglicher Groll in ihr war verschwunden. Sie hatte das Gefühl mit ihnen im selben Boot zu sitzen, einem absurden Boot, das langsam auf sein gänzliches Verschwinden zudriftete. Von Nostalgie konnte keine Rede mehr sein. Alle in diesem Saal versammelten Leute waren nur für kurze Zeit belebte Staubkörner, die unmerklich am Tuch der gleichmütigen Jahrhunderte webten. Kein Grund, die Nerven zu verlieren, alle Wege führten zur Ruhe. Man brauchte nur sein Bestes zu geben um dem Stückchen Zeit, das uns auf seinem Rücken trug, ein wenig individuelle Farbe, ein reines, demütiges Leuchten zu verleihen.

Cyrille drehte sich um und ließ ihren Blick über die Reihen hinter ihr und die Ränge über ihr wandern. Zu wissen, dass alle Leute, die dort saßen, sich auf dieselbe Reise begeben hatten, war so ein tröstlicher Gedanke. Die vom klaren gelben Licht des Kristallleuchters beschienenen Gesichter, die sich vor ihren Augen abzeichneten, kamen ihr vertraut und freundschaftlich vor. Sie fing den Blick eines Mannes auf, der etwa zehn Plätze links neben ihr saß. Er lächelte. Sie nahm sich Zeit ihn genau zu mustern. Bewundernswerte Augenbrauen, dachte sie. Er kniff leicht die Augen zusammen, verwirrt von der Beharrlichkeit, mit der sie ihn ansah. Kennen wir uns? Cyrille setzte einen amüsierten Gesichtsausdruck auf, nein, sie kenne ihn nicht, aber sie finde ihn wunderschön. Die Augen des jungen Mannes entspannten sich wieder, er war beruhigt über Cyrilles unausgesprochene Antwort, die zu entziffern er sich nicht die Mühe machte.

»Oh Cyrille, du bist wundervoll!«, rief Daniel aus, als er sich auf den Sitz neben seiner zukünftigen Schwägerin fallen ließ.

Cyrille sprang auf und wandte dem Mann, der sie angesprochen hatte, ihr verdutztes Gesicht zu. Was war bloß in ihn gefahren, dass er ihren Namen im wohlerzogenen Gemurmel des Publikums derart herausschrie? Und was für ein Einfall ihr so offen ein Kompliment zu machen, als solle der ganze Saal etwas davon haben? Einige Köpfe wandten sich um, zur Überprüfung, ob die Behauptung zutraf. Auf der Stelle duckte Cyrille sich in ihren Sitz um der Beurteilung zu entgehen.

»Wie geht's, wie steht's, verschwiegene Schwägerin?«

Ha ha, dachte Cyrille, wie humorvoll, wie scharfsinnig. Sie fragte sich, wie Mascha es schaffte sich mit einer solchen Stimmungskanone nicht permanent in Lachkrämpfen zu winden.

»Wie jeden Montag«, antwortete Cyrille.

Daniels Gesicht schrumpfte zu einem Ausdruck der Verständnislosigkeit zusammen. Er nickte ohne seinen Kiefer lockerlassen zu können, dann beugte er sich ohne ein Wort der Entschuldigung über Cyrille hinweg, um Monsieur und Madame Grossmann die Hand zu geben. Während der Oberkörper ihres Schwagers an ihr Gesicht gepresst war, atmete Cyrille ein und ließ seinen aus Moschus und Jungmännerhaut gemischten Duft in ihre Nase dringen. Hilfe, ich werde vergewaltigt!, schrie sie im Geiste und lachte.

»Was ist los?«, fragte Daniel, während er sich wieder hinsetzte.

»Nichts, mir ist nur gerade etwas Lustiges eingefallen.«

»Du hast viel Humor, was? Das kommt bei Frauen selten vor, besonders wenn sie schön sind.«

»Weißt du was, mein kleiner Daniel? Ich glaube, du behältst deine Gedanken besser für dich. Sonst fängst du dir noch einen Tritt in die Eier.«

Auf dieses letzte Wort hin, das sie zweifellos etwas zu laut ausgesprochen hatte, drehte Madame Grossmann sich um und warf ihrer Tochter einen erbosten Blick zu. Cyrille merkte, dass sie die Sache verpatzt hatte. Da hatte sie ein Mal ein Kleid angezogen, sich geschminkt und sogar gekämmt. Als ihre Mutter sie so erblickt hatte, musste sie zweifellos glauben, ihre Jüngste habe unter ihrer beleidigten Fassade einen gewissen Fortschritt gemacht und sei vielleicht doch nicht ganz für die Welt des Schönen verloren. Welche Enttäuschung also anhören zu müssen, wie sie ein solches Wort gebrauchte. Sicher konnte sich eine Frau durch einen dezent unanständigen Anstrich eine gewisse Forschheit geben, aber man musste doch zu dosieren wissen. Es kam alles auf den guten Geschmack an, mit dem man zu verstehen gab, dass einem die Sache zwar bekannt war, man aber dennoch über die Realität der infrage stehenden Sache absolute Diskretion bewahrte. Cyrille neigte den Kopf zur Seite um ihre Mutter zu besänftigen, erwartete aber nicht viel mehr als das gestrenge Lächeln, das sie ihr schließlich auch schenkte.

»Du bist doch nicht sauer, Daniel?«, fragte Cyrille.

»Nein, so ein Blödsinn. Ich weiß doch, dass es ein Scherz war. Auch ich habe Humor.«

Wenn sie den Kopf etwas mehr zur Seite drehte, konnte sie das bräunliche Gesicht des jungen Mannes sehen, der sie angelächelt hatte. Er sah sie nicht an. Vielleicht hielt er Daniel für ihren Ehemann? Was konnte sie tun, um seinen Irrtum aufzuklären? Rufen: Und wie geht's deiner künftigen Ehehälfte, Daniel? Sie war schon vulgär geworden, es kostete nichts noch länger dabei zu bleiben. Dennoch war es dumm. Ihr fiel ein, was sie einige Stunden zuvor zu ihrer Schwester gesagt hatte, nämlich, dass sie den Märchenprinzen auffressen würde, wenn er auftauchte. Weil sie das Orakel ausgesprochen hatte, müsste sie von seinem Bann befreit sein. Eine Frau, die auf der Hut ist, ist so viel wert wie zwei Frauen, und zwei Frauen wissen sehr wohl, dass man sich nicht dem erstbesten Mann an den Hals wirft, nur weil er schöne Augenbrauen hat.

Während sie in sich noch die wildesten Entschlüsse hinsichtlich ihres Verhaltens abwägte, wandte er ihr erneut den Blick zu. Sie spürte, wie ihre Kehle sich zusammenschnürte, und es schien ihr, als würde er, trotz der Entfernung, die kleinste Unregelmäßigkeit ihrer Atemzüge bemerken. Ihre Brust hob sich und sie konnte sich nicht des Gedankens erwehren, dass er ihre Brüste betrachtete. Ohne Absicht dehnte sie die Bewegung aus. Mit ihrem undisziplinierten Auge, das immer dorthin schoss, wo man es am wenigsten erwartete, versuchte sie den Unbekannten zu beobachten. Aber es war sehr ermüdend bei gesenkten Augenlidern die Iris nach links zu schieben. Wenn jetzt ein Windstoß kommt, wirst du immer so bleiben, hatte man ihr gedroht, als sie noch klein war und es ihr Spaß machte zu schielen. Der Fluch hatte gewirkt; seit Jahren schon gehorchten ihre Pupillen nicht mehr den Befehlen, die sie ihnen gab. Jemand anderes hätte vielleicht wegen dieses Jean-Paul-Sartre-mäßigen Aussehens Komplexe bekommen, aber für Cyrille war die Entstellung kein Makel, sondern ein weiterer Beweis für die Magie der Wörter, ein Windstoß und, ja, es stimmte, man behielt für das ganze Leben einen schiefen Blick.

Der Vorhang hob sich und gab den Blick auf ein abstoßendes Bühnenbild frei. Gemalte Prospekte hingen vom Schnürboden herab, bedeckt mit Landschaften, Motiven und Bordüren, die von Pralinenschachteldeckeln inspiriert waren. Ein sadistischer Gärtner hatte die Bühne mit Kakteen und Dornbüschen bestückt, die vage den Eindruck erweckten, als befinde man sich in einem Garten in Nizza. Es gelang Cyrille nicht sich auf die Ouvertüre zu konzentrieren. Der Geruch von sauberem Baumwollstoff schwebte durch das Theater und rief ihr ein Stoffgeschäft in der Nähe der *Clinique des Rosiers* in Erinnerung, das in den Monaten Juni bis Oktober einen Ekel erregenden Geruch nach überhitztem gemusterten Kattun verströmte. Am liebsten hätte sie die Inszenierung ausgebuht, aber sie gab sich mit Kichern zufrieden und wartete auf den Auftritt ihrer Schwester.

Als Mascha nach dem Trio der Männer auf die Bühne kam, wurde Cyrille nicht enttäuscht. Das Gewebe des Kostüms, das ihre Schwester trug, erinnerte wirklich an ein Gürkchen. Winzige auf den Brokat gestickte Perlen bildeten das unregelmäßige Relief einer Gurkenschale nach, und auch die Farbe war genau getroffen. Das Kleid der Sopranistin schien eher von einem Kürbis inspiriert, sein bauschiger Rock war in breite orange Viertel zerschnitten.

»Die Anspielung an den Gemüsegarten ist durchaus gelungen«, wisperte sie Daniel ins Ohr, der sie aber nicht zu hören schien.

Weil es ihr widerstrebte sich alleine an der Komik dieser Erscheinung zu weiden, drehte sie sich nach links um den belustigten Blick des Unbekannten aufzufangen. Er hielt eine Hand vor den Mund und hatte den Kopf leicht schief gelegt. Als er Cyrilles Blick begegnete, enthüllte er für einen Moment sein Lächeln, wie einen Kuss aus der Ferne, so sanft, dass Cyrille das Gefühl hatte, sie würde von ihrem Sitz fallen.

Maschas Stimme erklang und rief ihre kleine Schwester wieder zur Ordnung. Sofort klammerte Cyrille sich an die Armlehnen und schloss die Augen. Sie versetzte sich in einen ihr sehr vertrauten Zustand, eine Art Vorbereitung auf die Trance, in die die Stimme ihrer Schwester sie jedes Mal versetzte. Es war wie beim Abheben eines Flugzeuges. Zunächst hatte man Angst und verkrampfte sich unwillkürlich, dann hallten die Vibrationen des Motors in jedem Gelenk nach, der Druck, der durch die Kraft und die plötzliche Beschleunigung entstand, presste den Rücken gegen den Sitz und in dem Moment, in dem man den Boden verließ, hob sich das Herz und verschloss einem die Ohren. Cyrille wartete darauf, ergriffen zu werden. Sie versuchte zu spüren, wie ihr Körper sich hob und schließlich verschwand. Sie schaffte mehr Raum zwischen ihren Armen um der Musik noch mehr Platz zu lassen. Ihr Gehirn musste ganz leer werden, damit Mascha es einnehmen und bewohnen konnte. Es funktionierte nicht. Sie legte die Hände auf die Augen, damit sie keine Bilder erzeugen konnten, die ihre Konzentration störten. Am liebsten hätte sie ihre Ohren von innen verschlossen, damit der Aufruhr ihrer Gedanken das Reiben der Klänge an den Schläfen nicht stören konnte. Maschas Stimme ergoss sich wie ein Strom warmer Milch, aber anstatt auf einen seiner Substanz entleerten Körper zu treffen, der bereit war, sie zu empfangen, stieß sie sich an der glatten, undurchsichtigen Oberfläche einer Blutlache. Langsam mischten sich Milch und Blut. Cyrille hörte nichts. Voller Entsetzen spürte sie, wie der Strudel ihres Lebens sie mit tauber Zärtlichkeit erfüllte. Sie schlug wieder die Augen auf und sah vor sich Maschas klaffenden, schwarzen Mund. Ein bodenloses Loch, über dessen Rand sie sich beugte, ohne dass ihr schwindelig wurde. Sie verschränkte die Arme vor der Brust und lächelte insgeheim über ihren Verrat.

»Also, mir gefällt es«, sagte Daniel zu Cyrille am Beginn der Pause. »Es gefällt mir sogar sehr. Marion hat mir gesagt, die Inszenierung sei furchtbar, aber ich glaube, das ist eher verletzter Stolz ihrerseits.«

»Es ist aber sehr hässlich«, murmelte Cyrille.

»Darum geht es nicht«, schnitt Daniel ihr das Wort ab – Cyrille spürte, dass er sich seine kleine Rede während des ganzen zweiten Aktes zurechtgelegt hatte. »Das ist eine Vision. Eine neue Vision und deshalb seid ihr schockiert. Du und Marion, letzten Endes seid ihr sehr beschränkt. Ihr seid nicht offen für Veränderungen. Übrigens sind alle Sänger so.«

»Ich bin keine Sängerin.«

»Nein, aber das ist das Gleiche. Das hier ist eine Lesart der *Così*, und das ertragt ihr nicht. Ihr wollt, dass die Inszenierung genau mit der Vorstellung, die ihr euch macht, übereinstimmt, aber diese Reaktion ist kindisch.«

»Findest du denn Kakteen avantgardistisch?«

»Ja, nein, ach, ich weiß nicht. Jedenfalls ist es interessant.«

»Daniel«, rief Madame Grossmann, die plötzlich zu ihnen getreten war und den Anschein machte, als wolle sie ihm ohnmächtig in die Arme sinken. »Was für eine schwere Prüfung! Für Sie muss es noch viel schlimmer sein. Eine Anhäufung von Klischees. Haben Sie dieses Bühnenbild gesehen? Ich bin ganz krank wegen Mascha.«

In diesem Augenblick ging Cyrille weg ohne sich die Zeit zu nehmen, irgendeinen Vorwand zu erfinden. Sie hatte ganz und gar keine Lust Zeugin von Daniels Meinungsänderung zu werden. Er hatte auf das falsche Pferd gesetzt. Weil er meinte in den Gesichtern seiner Schwiegereltern eine gewisse Befriedigung erkannt zu haben, hatte er sich beeilt, dem, was er für ihr Urteil hielt, beizupflichten. Er wusste nicht, dass der Anflug von Lächeln in ihren Mundwinkeln, der immer deutlicher wurde, je mehr die Handlung fortschritt, bloß jenem Gefühl von Überlegenheit und Verachtung geschuldet war, das nur die regelmäßigen Opernbesucher voll und ganz auszukosten wissen. Er war noch nicht reif genug zu verstehen, dass es manchmal vergnüglicher ist eine Inszenierung zu verreißen als sie zu loben. Cyrille hingegen hatte den Gesichtsausdruck von Monsieur und Madame Grossmann auf der Stelle richtig gedeutet. Dafür kannte sie sie zu gut. Sie erinnerte sich an die Sitzungen in angewandter Pädagogik, die ihr Vater immer dann abhielt, wenn sie zu ihm kam und ihm eine Zeichnung mit einem Haus, einem Baum, einer Blume und der Sonne zeigte. Sich von Fall zu Fall auf den einen oder anderen seiner Ausstellungskataloge stützend, setzte er beharrliche Energie darein ihr zu beweisen, dass die Kunst nicht in der naturgetreuen Wiedergabe, sondern in der Interpretation bestehe, und dass die reine Tatsache, dass ein Strich hübsch geführt war, nichts bewies, sondern im Allgemeinen sogar auf einen schwer wiegenden Mangel an Geschmack schließen ließ. Man musste aus seinem Trott ausbrechen, sich von den Regeln emanzipieren. Tue mit deinen Zeichnungen dasselbe, was ich mit den Wörtern mache, sagte er ihr. Zögere nicht die Wirklichkeit zu entstellen, sie nach deinen Wünschen zu bilden. Seit ihrem sechsten Lebensjahr genoss Cyrille diesen Unterricht und hatte schnell begriffen, welche Strategie sie anwenden musste. In der Schule malte sie weiterhin das, was sie gerne hatte, Häuser mit einem Baum, einer Blume und der Sonne. Ihre jeweiligen Lehrerinnen riefen aus: »Ach, ist das hübsch. Man meint wirklich da zu sein. Sicher hast du das Land sehr gern.« Zu Hause hingegen nahm sie ihre Babykritzeleien wieder hervor, die alle sorgfältig in einer dunkelgrünen Mappe aufbewahrt waren, kopierte sie gewissenhaft und fügte, bevor sie sie ihrem Vater zeigte, noch einige Schraffuren mit dem Textmarker hinzu. Regelmäßig erhob er sich dann aus seinem Sessel um die Meisterwerke seiner Gattin zu zeigen. »Hast du das gesehen, Madleine«, raunte er verschwörerisch, aber laut genug, dass Cyrille ihn verstehen konnte, »deine Tochter ist ein Genie. Wer hat behauptet, dass die abstrakte Kunst Resultat einer Entwicklung war. Das ist falsch, grundfalsch. Bitte, der Beweis. Man darf die Kinder nur nicht gängeln, man muss sie sich frei ausdrücken lassen und schon kommen sie ganz selbstverständlich zur Abstraktion.« Madame Grossmann nahm das Blatt in beide Hände, hielt es von sich weg um es besser würdigen zu können und nickte mit dem Ausdruck der Überzeugung. Sie sagte nichts. Sie gab Cyrille die Zeichnung zurück und ergoss über ihr Fälscherhaupt einen Blick voll natürlichem Einverständnis, der bedeutete: Du bist ganz meine Tochter.

Das einzige Mittel, das Cyrille einfiel, um sich von der Erniedrigung abzulenken, die ihr künftiger Schwager erlitten hatte, war ein Eis am Stil. Sie rempelte einige Leute an und bahnte sich, entschlossen wie ein Kettensägenmörder, einen Weg zu der Platzanweiserin, die sich hinter ihrem Korb voller Süßigkeiten aufgepflanzt hatte.

Während sie noch versuchte das Papier der Eisverpackung aufzureißen, rief jemand in ihrem Rücken:

»Aber Cyrille, du bist ja wundervoll!«

Sie fuhr herum und stand Nase an Nase vor dem jungen Mann mit den bewundernswerten Augenbrauen. Wie alt mag er sein?, fragte sie sich. Sie hatte den Eindruck um einiges älter zu sein. Das lag nicht nur daran, dass er Jeans und T-Shirt trug, während sie sich die Mühe gemacht hatte eine dem Anlass angemessene Kleidung zu wählen; es lag eher noch daran, wie er beim Stehen von einem Fuß auf den anderen wippte. Auch seine Hände bewegten sich unaufhörlich, schlüpften in die Hosentaschen, kamen wieder hervor, kämmten eine Haarlocke, fielen einen Moment herab und begannen das Spiel von neuem. Wie bei einem Spatz wurde sein Kopf von ruckartigen, zufälligen Bewegungen belebt, die seinen Hals in die Länge zogen und seine Halswirbel hervortreten ließen. Er schien sich nach jemandem umzusehen, dann änderte er seine Meinung, betrachtete die Spitzen seiner Turnschuhe, wandte endlich Cyrille sein Gesicht zu und entfaltete sein Lächeln wie einen Pfauenschwanz; seine Augenwinkel zogen sich bis zu den Schläfen, er entblößte die nikotinfleckigen Zähne und auf seinen Wangen zeigten sich Grübchen.

»Ein Engel geht durch den Raum«, sagte er.

Cyrille verdrehte die Augen.

»Wenn Sie nur solche Banalitäten zu sagen haben, sollten Sie besser den Mund gar nicht erst aufmachen.«

»Ist ja seltsam, Sie haben etwas gegen den Engel, aber wenn ich sage, dass Sie wundervoll sind, haben Sie nichts dagegen. Das ist aber auch nicht überwältigend originell.«

»Das haben nicht Sie gesagt, sondern mein Schwager. Und übrigens stört es mich auch.«

»Und was soll ich Ihnen sonst sagen?«

»Nichts.«

»Soll ich hier rumstehen ohne ein Wort zu sagen?«

»Das habe ich nicht gesagt. Sie müssen nicht hier bleiben. Was wollen Sie überhaupt von mir?«

»Ich weiß nicht, aber ich habe, glaube ich, keine Lust wegzugehen. Ich glaube, ich werde einfach so neben Ihnen stehen bleiben ohne etwas zu sagen. Wie ein Leibwächter.«

»Sie sind ja krank. Armer Typ!«

Cyrille wandte sich ab, aber als sie wieder in Richtung Theatersaal gehen wollte, packte er sie am Arm.

»Sie sind nicht zufällig Hebamme?«

Cyrille ließ ihr Eis fallen, es zerplatzte zu ihren Füßen und spritzte dicke, zähflüssige Tröpfchen auf ihre Ballerinas. Der junge Mann schien sich bücken zu wollen, dann besann er sich anders und zuckte mit den Achseln.

»Man bräuchte einen Lappen«, sagte Cyrille und machte eine vage Bewegung in Richtung Treppenhaus.

»Lassen Sie nur«, sagte der junge Mann. »Das gehört sicher zu den unvorhersehbaren Risiken. Bestimmt haben sie einen Spezialstaubsauger um zermatschtes Eis aufzusaugen.«

»Sind Sie Hellseher?«, fragte Cyrille.

»Warum? Wegen des Staubsaugers?«

»Nein, nicht wegen des Staubsaugers. Woher wissen Sie, dass ich Hebamme bin?«

»Ich habe ein feines Näschen. Alles hier drin«, sagte er und zeigte auf seine Nasenspitze.

Cyrille sah ihn an und wäre am liebsten vom Erdboden verschwunden. Etwa fünfzehn Meter von ihr entfernt sah sie hinter einer Säule ihre Mutter, die Daniel wohlwollend zulächelte. Tausendmal lieber wäre sie bei ihnen gewesen, als da zu stehen, wo sie war, ein zermatschtes Eis zu ihren Füßen und am Arm einen Typ mit einem feinen Näschen.

»Ach was, ich mache nur Quatsch«, sagte er nach einigen Sekunden Schweigen. »Ich habe schon viel von Ihnen gehört. Jacob Fuchs«, fügte er hinzu und reichte ihr die Hand.

Cyrille lächelte und schüttelte seine Hand ohne auf der Stelle zu verstehen, worüber dieser Name sie aufklären sollte. In der vierten Klasse hatte sie einen Deutschlehrer gehabt, der so hieß. Vielleicht war er sein Vater. Aber als sie ihn länger betrachtete, glaubte sie etwas zu erkennen, einen winzigen Hinweis.

»Sie sind Héloïses Mann?«, fragte sie mit ganz neuer Stimme.

»Mann ist wohl zu viel gesagt«, entgegnete Jacob und wiegte den Kopf. »Sagen wir lieber, ich bin der Vater ihres Kindes. Sie hat mir von Ihnen erzählt und von Mascha auch«, fügte er hinzu und wies mit dem Kinn auf eine der zweiflügeligen Türen, die in den Theatersaal führten. »Sie bewundert Sie außerordentlich. Sie schätzt Professionalität, Leute, die gut in ihrem Beruf sind.«

»Ja«, sagte Cyrille mit zusammengekniffenem Mund, als hätte sie Angst ihre Zähne zu verlieren. »Wir sind befreundet.«

»Das ist sehr gut für sie und vor allem für das Baby. Es ist wichtig Vertrauen zu haben.«

Jacob plauderte immer weiter. Cyrille sah ihn nicht an. Unbeirrbar beobachtete sie das Schmelzen des Eises, das sich in einer immer größer werdenden beige-rosa Lache auf dem roten Teppichboden ausbreitete. Sie hörte kein Wort, kein Geräusch um sie herum. Ohne Zweifel registrierte irgendein kleiner isolierter lichter Fleck in ihrem Hirn Jacobs Wörter und das Raunen der Zuschauer, aber keiner dieser Eindrücke drang bis an die Oberfläche ihres Bewusstseins vor. Ihre Gedanken waren vollkommen von dem Fleck absorbiert, der sich zu ihren Füßen ausbreitete. Er war zugleich Orakel und Erinnerung. Sie konnte darin ihre Zukunft lesen und Spuren ihrer Vergangenheit finden. Ein ganzes Leben, in Flecken erzählt. Kotzfleck, Tintenfleck, der auf dem Heft verläuft, Blutfleck, Obstfleck auf einer Bluse, die man eigentlich für sauber gehalten hatte, Schminkfleck unter einem Auge, das man sich gerieben hatte ohne darauf zu achten. Das ist mein Wappen, sagte Cyrille zu sich selbst. Ich bin das Mädchen, das Flecken macht. Sie hätte nicht für möglich gehalten, dass die Entdeckung ihrer eigenen Identität eine so mittelmäßige Erfahrung sein würde. Immer hatte sie sich vorgestellt, das Erwachsenwerden würde für sie eine so erhebende Erfahrung sein wie der Aufstieg auf den Annapurna. Im Augenblick kam sie sich ziemlich dumm vor und war dennoch stolz darauf, den armseligen Erdhügel der Reife erklommen zu haben. Niedergeschmettert von dieser Erkenntnis hatte sie das Gefühl sich nicht mehr rühren zu können. Als zum Ende der Pause geläutet wurde, stand Cyrille an die Wand gepresst wie eine verängstigte Küchenschabe.

»Fühlen Sie sich nicht gut?«, fragte Jacob, als er sah, wie sie ihre Hand auf die Stirn legte.

»Doch«, sagte Cyrille, »mir ist nur gerade etwas eingefallen.«

»Sie sind sehr geheimnisvoll«, sagte Jacob und zog sie mit sich zum Saal. »Héloïse sagte mir, dass Sie so eine Art Hexe sind.«

Was erlaubt er sich, mich ständig anzufassen, fragte sich Cyrille, als sie einmal mehr sah, wie Jacobs lange Finger mit den viereckigen Nägeln ihren Ellbogen umfassten.

Alles war verkehrt herum. Bevor sie wieder zu ihrem Platz ging, streckte sie ihm die Hand hin, aber er ergriff sie nicht. Stattdessen nahm er sie bei den Schultern, als ob er sie küssen wollte, und zwang sie ihn anzusehen. Irgendetwas wollte er in sie einprägen, seinen Stempel auf ihren Körper drücken, bevor er wegging. Cyrille erkannte in seinen Augen das Flackern wieder, das sie auch in Daniels Augen gesehen hatte; ein leichtes, zweifelndes Blinzeln, wie das Blinksignal eines Leuchtturms: meine Frau, diese Frau, meine Frau, diese Frau. Es bereitete Cyrille keine Mühe mehr diese Morsezeichen zu entziffern. In Jacobs spiegelnder Iris erkannte sie ganz klein ihr eigenes Gesicht und las seine Gedanken, als ob ihre gespiegelte Anwesenheit in seinem Auge ihr erlaubt hätte zu lesen, was dahinter vorging. Ich bin eine *femme fatale*, sagte sie zu sich ohne etwas von der Trunkenheit zu merken, die sie ihrer Meinung nach von einer solchen Enthüllung erwarten konnte. Warum mussten die Männer sie anders sehen, als sie wirklich war. Es wäre ein Leichtes gewesen unterhalb ihrer Schulter den Sinn ihres Lebens in dem zermatschten Eis zu lesen, das den Flur des Châtelet-Theaters vollends beschmutzte. Darin lag nichts Geheimnisvolles. Man brauchte sie nur so zu nehmen, wie sie war. Sie lächelte und hob die Schultern um Jacobs Hände abzuschütteln. Warum lächelte er nicht auch? Sie klopfte ihm auf den Rücken.

»Schon gut, altes Haus«, sagte sie und streichelte väterlich sein Schulterblatt.

»Wie bitte?«, fragte Jacob.

»Ich sagte: altes Haus«, wiederholte Cyrille. »Das ist eine Art Ihnen zu sagen, dass Sie ein sehr netter Papa sein werden.«

»Sind Sie zur Entbindung da?«
»Immer zur Stelle«, rief Cyrille und salutierte.

»Jacob ist ... wie soll ich es sagen?«
Héloïse rieb sich das Kinn und verzog auf der Suche nach einem passenden Adjektiv ihre Unterlippe zu einer treuherzigen Grimasse. Wie eine erschöpfte betagte Dame ließ Cyrille sich auf einen Stuhl sinken, in dem Gefühl, dass sie ein gutes Viertelstündchen Ruhe verdient hatte. Héloïse sah sie an und wartete darauf, dass sie sich ihr anvertraute. Sie wollte sie dazu bringen, ihre Eindrücke vom Vorabend zu erzählen. Cyrille hatte ihr nichts verheimlicht. Beim Betreten des Zimmers hatte sie gesagt: »Ich habe Jacob kennen gelernt«, und sofort gesehen, wie Héloïses Augen neugierig funkelten. Dann ließ sie Schweigen einkehren, weil sie meinte nichts weiter zu gestehen zu haben.
»Sicher hast du ihm gefallen«, behauptete Héloïse endlich.
»Was? Ja, bestimmt.«
»Ich kann das nicht leiden. Ich weiß nicht, was er macht, während ich nicht da bin. Ich fühle mich wie im Gefängnis. Du könntest mich wenigstens beruhigen. Du musst mir nicht sagen, dass du ihm gefallen hast. Und woher willst du das überhaupt wissen? So ist Jacob eben, sobald er ein Mädchen sieht, muss er einfach den Märchenprinzen spielen. Er hat deine Hand genommen, während er mit dir sprach, nicht wahr? Er kann einfach nicht anders. Ich hasse solche Vertraulichkeiten. Er merkt das gar nicht. Er hält alle Frauen für seine Mutter oder Schwester. Das wird noch böse enden.«
»Du spinnst«, sagte Cyrille und sah zum Fenster hinaus.
In ihrer Stimme lag keine Feindseligkeit. Sie sprach wie ein Psychiater mit seinem Patienten. Sie wusste, sie hätte Héloïses Unterstellungen leugnen sollen, aber sie sah nicht ein, wozu eine solche Anstrengung gut sein sollte.
»Er hat mich heute Morgen nicht angerufen. Findest du das nicht verdächtig?«
»Ich weiß nicht«, seufzte Cyrille. »Vielleicht ruft er heute Nachmittag an.«

»Aber was ist denn zwischen euch passiert? Hast du ihn verhext, oder was?«

»Das spielt sich alles nur in deinem Kopf ab. Ich bin nicht so. Wir haben uns in der Oper getroffen, das ist alles. Die Vorstellung ging sehr spät zu Ende. Kann gut sein, dass er noch schläft.«

»Ich drehe noch durch, ungelogen. Ich raste total aus. Es ist schlimm, hier zu sein, ohne sich zu rühren, ohne etwas tun zu können. Ich habe das Gefühl, ich gehe bald in die Luft.«

»Das meinst du nur«, sagte Cyrille und sah immer noch aus dem Fenster. Sie wurde von der Lust ergriffen, mit einem leichten Satz über die Brüstung zu springen. Als sie noch klein war, war sie überzeugt, dass Fliegenlernen nur eine Frage des Willens ist. Man musste nur ganz fest daran glauben und sich vertrauensvoll von einem Baum stürzen. Sie hatte es nie getan, zum einen, weil sie nicht auf Bäume klettern konnte, und weil sie außerdem auf ein Zeichen wartete; sie erinnerte sich, dass die gute Fee im Märchen immer ein Zeichen auf eine Ecke des Tisches legte, um der Prinzessin zu sagen, dass alles nach Plan verlaufen wird.

Ihr Blick glitt sacht über den stählernen Balkon, blieb einen Augenblick am dritten Stock gegenüber hängen und beobachtete eine einbeinige Taube, die auf einer Regenrinne saß, dann ließ er sich fallen und tanzte wie eine Flocke aus Pollen, die der Wind fortträgt, bis auf den graupeligen Asphalt, der ihr so weich vorkam wie ein großes Daunenkissen.

»Mama!«

Wie in einem Albtraum hörte Cyrille sich selbst diesen Schrei ausstoßen. Héloïse sprang auf.

»Was ist los mit dir?«

»Nichts, nichts«, sagte Cyrille und stand auf. »Da unten, auf der Straße steht meine Mutter. Sie ... Ich muss zu ihr hinunter.«

Im Flur warf der Boden ihr nicht den Klang ihrer Schritte zurück. Das Echo wurde durch eine Wattewolke erstickt, und weich schritten ihre Beine vorwärts, gebremst durch den Widerstand einer unbekannten Masse. Sie spürte nicht mehr, wie die Haut ihren Körper umschloss. Es war etwas geschehen. Cyrille fiel ein, dass sie ihren Vater am Vorabend sehr erschöpft gefunden hatte.

Papa ist gestorben. Es war so, als hätte die steife, schwarze Silhouette ihrer Mutter ihr das angekündigt. Was wollte sie ihr sagen? Cyrille, dein Vater ist von uns gegangen. Es ging sehr schnell, er hat nicht einmal gemerkt, dass er starb. Vielleicht würde sie auch kein Wort sagen, sondern sie nur in die Arme schließen, weil sie sicher wusste, dass ihre stumme Botschaft angekommen war. Cyrille hatte nichts anderes verdient. Siehst du, sagte sie zu sich selbst und unterdrückte das durch die Abwärtsbewegung des Aufzugs bewirkte Hüpfen ihres Herzens, das kommt davon, wenn man zu viel vom Leben erwartet. Man verharrt reglos und erwartet das große Ereignis, getäuscht durch die ach so beruhigende Geschichte vom Dornröschen, und an Stelle des echten Liebeskusses, den die gute Patin versprochen hatte, bekommt man einen Fausthieb in den Magen. Und natürlich werde ich mir vorwerfen, dachte sie, dass ich seine Gegenwart nicht genug ausgekostet habe. Eine nach der anderen werde ich mir alle unsere Begegnungen wieder vor Augen rufen und ständig diese kleinen, schrecklichen Sätze hören wie: »Vorsicht, jetzt kratzt es ein bisschen.« Die raue Berührung mit dem Bart ihres Vaters fehlte ihr plötzlich so sehr, dass ihre Brust sich mit einem tiefen Seufzer hob. Viviane, sie hatte ja so Recht, Viviane, mit ihrem Papi. Ein Papa bleibt immer ein Papachen, egal ob er irre Augen und einen Sombrero auf dem Kopf oder einen maßgeschneiderten Mao-Anzug und Hunderte kleine Notizbücher hat, die von vorne bis hinten mit durchgestrichenen, neu arrangierten Wörtern bekritzelt sind, eins unter das andere geschrieben, um einen Baum oder die Sonne zu skizzieren. Nein, nein, ich irre mich. Ich habe genauso große Lust auf eine kleine Tragödie, wie ich Lust auf eine große Liebesgeschichte habe. Es ist nichts passiert. Es ist nur so, dass Mascha schwanger ist oder Daniel sich das Bein gebrochen hat. Das Haus hat gebrannt. Es ist nicht sehr schlimm. Tante Gilda ist in die Psychiatrie eingeliefert worden. Mama hatte einen Autounfall, die Karre ist schrottreif, aber sie selbst hat keinen einzigen Kratzer abbekommen, uff. Unmöglich. Madame Grossmann war noch nie zur *Clinique des Rosiers* gekommen, und Cyrille fragte sich sogar, woher sie die Adresse kannte.

Ein bitterer Geschmack erfüllte ihren Mund, als würde das Zusammentreffen der beiden Welten, die sie bisher sorgfältig voneinander geschieden hatte, die Atmosphäre vergiften. Familie war Familie. Die Arbeit war etwas anderes. Zum ersten Mal traf ihr verdoppeltes Bild aufeinander, auf der einen Seite das gescheiterte Wunderkind und auf der anderen die geschickte, unerschrockene Krankenschwester.

Sie musste nur noch durch die Eingangshalle hindurch. Cyrille sah bereits, wie sich der dunkle Körper unter dem Strahlenkranz blonder Haare zitternd hinter der gläsernen Tür, die im Wind vibrierte, abzeichnete. Ihr Blick verschwamm; das Straßenbild schien nur noch ein Hintergrund zu sein, auf den ihre Mutter geklebt war. Als sie über ihren schmerzenden Magen zusammengekrümmt weiterging, mit kleinen, von der Furcht gebremsten Schritten, prallte sie plötzlich gegen die Luft von draußen.

»Ich war gerade in der Nähe und …«

Madame Grossmann starrte auf ihre Füße, als sähe sie sie zum ersten Mal.

»Störe ich dich? Ach nein, sicher nicht, denn du gehst ja schon nach Hause. Immerhin habe ich Glück noch rechtzeitig zu kommen. Noch fünf Minuten und ich hätte dich verpasst.«

»Ich habe dich vom Fenster aus gesehen«, sagte Cyrille.

Wie in einem schlecht synchronisierten Film war ihr dieser Satz über die Lippen gekommen, während ihr Mund schon seit einiger Zeit darauf vorbereitet war etwas anderes zu sagen: »Das ist schlimm, ach wie ist das schlimm. Aber wir werden zusammenhalten. Wir haben uns beide und Mascha ist auch noch da. Wir müssen an Mascha denken und an ihr neues Leben, das jetzt anfängt.«

»Ich störe dich«, vermutete Madame Grossmann.

»Nein, kein bisschen. Ich habe dich gesehen und bin heruntergekommen. Möchtest du hereinkommen?«

»Ach, es tut mir Leid, es tut mir Leid.«

»Komm herein«, sagte Cyrille. »In der Empfangshalle gibt es Sessel.«

Das Gesicht ihrer Mutter legte sich in Falten. Sie war doch noch keine alte Dame, der man auf Schritt und Tritt einen Sitzplatz anbietet.

»Lass uns in ein Café gehen«, sagte Madame Großmann. »Gibt es Cafés hier in der Gegend?« Sie blickte angewidert um sich. »Aber, wie dumm von mir«, begann sie von neuem. »Du arbeitest ja und ...«

»Ich kann fünf Minuten rausgehen. Das ist erlaubt. Ich arbeite schließlich nicht mit der Stechuhr.«

»Bist du ... bist du sicher? Bekommst du keinen Ärger mit deinem Chef?«

Was glaubte sie eigentlich? Cyrille war keine Sekretärin oder Hausangestellte. Die Hände in den Taschen ging sie los ohne ihrer Mutter zu antworten. Madame Grossmann folgte ihr und ließ die Absätze auf dem Bürgersteig klackern. Cyrille begann sie zu hassen. Warum bist du hergekommen? Warum ausgerechnet heute?

»Wie schnell du gehst!«, sagte Madame Grossmann und begann zu traben. »Du warst immer schon sehr sportlich«, fügte sie leise lachend hinzu.

»Sechzig Meter in zehn Sekunden«, nuschelte Cyrille.

»Was? Ich habe dich nicht verstanden«, sagte Madame Grossmann, als sie wieder neben ihr ging.

Voller Befriedigung hörte Cyrille die vor Atemnot abgehackte Stimme ihrer Mutter.

»Wir gehen da hin«, sagte sie und zeigte mit dem Finger auf ein Café-Tabac an der Ecke.

»Sehr schön«, sagte Madame Grossmann und betrat die Gaststube, die an Boden und Wänden mit rotem Teppichboden ausgekleidet war.

Sie setzten sich an einen Tisch voller klebriger Ringe, die zahlreiche Gläser hinterlassen hatten. Madame Grossmann nahm ein Papiertaschentuch aus ihrer Handtasche, tupfte sich die Mundwinkel ab, befeuchtete es mit der Zungenspitze und wischte die Resopalplatte ab. Cyrille saß zusammengesunken auf ihrem Stuhl, mit leicht zurückgebeugtem Kopf und geschlossenen Augen.

»Was wünschen die Herrschaften?«, fragte der Wirt. »Verzeihung, die Damen«, berichtigte er sich mit verführerischem Lächeln an Madame Grossmann gewandt.

Cyrilles Mutter kniff kokett die Augen zusammen ohne ihn dabei anzusehen. Wenn ihr wollt, kann ich euch auch alleine lassen, dachte Cyrille.

»Ein San Pellegrino Bitter«, bestellte Madame Grossmann.

»Haben wir nicht. Wir haben Orangina, Cola, Fanta ...«

»Also gut, eine Fanta, mit Orangengeschmack. Für mich eine Fanta mit Orangengeschmack.«

»Einen Kaffee«, bestellte Cyrille, sammelte ein kleines Kleenex-Bällchen auf, das ihre Mutter fabriziert hatte, und warf es diskret auf den Boden.

Einen Moment lang sah Madame Grossmann mit konzentriertem Gesichtsausdruck der zufallsbedingten Flugbahn einer Fliege nach.

»Ich möchte mit dir reden«, sagte sie endlich.

Sie machte noch ein Bällchen aus ihrem Papiertaschentuch. Die Fliege landete auf dem Tisch und Cyrille hieb sie mit der flachen Hand platt. Madame Grossmann nahm sie mit dem verbliebenen Kleenexstück auf und sah sich nach einem Aschenbecher um. Aus reiner Verzweiflung öffnete sie ihre Handtasche und ließ die Insektenleiche in ihrem Zellulosesarg hineingleiten. Cyrille sah ihr dabei zu und spürte, wie sich ihr Mund langsam öffnete. Alzheimer, dachte sie.

»Es ist nichts wirklich Wichtiges«, begann ihre Mutter von neuem. »Na ja, sagen wir lieber, nichts Schlimmes. Ich weiß nicht mal, warum ich das sage. Nein, nichts Schlimmes. Ich habe nur ein wenig nachgedacht, und ...«

»Ja?«, sagte Cyrille, die plötzlich dem Wunsch ihrer Mutter zu helfen nicht mehr widerstehen konnte. Madame Grossmann hob den Kopf und zum ersten Mal begegnete ihr Blick dem ihrer Tochter. Helle, eisgraue, große Augen, eine gerade Nase mit so feiner Spitze, dass sie durch die Erschütterung eines Niesens zerbrechen zu können schien, ein winziger Mund in der Form eines umgedrehten Chinesenhütchens, ein fleischiges Kinn mit einem runden Grübchen und hervorspringende Wangenknochen, die bei jedem Lächeln ihre Falten auffächerten. Cyrille bemerkte eine Warze auf der rechten Wange. War sie über Nacht gewachsen? Sie schloss einen Augenblick die Lider und lehnte sich unmerklich über den Tisch um den Duft ihrer Mutter zu schnuppern.

»Hast du ein neues Eau de Toilette«, fragte Cyrille und war entsetzt, weil sie den richtigen Geruch nicht mehr finden konnte.

»Ja, ja. Ach komm schon, du musst mir nichts vormachen, ich weiß genau, was du von meinem alten gehalten hast«, sagte Madame Grossmann und tätschelte die Hand ihrer Tochter.

Cyrille zog ihre Hand zurück, wie verbrannt von der trockenen und unangenehm glatten Haut in der Handfläche ihrer Mutter.

»Eine Orangenfanta, ein Espresso, bitte sehr!«, rief der Wirt und stellte die Getränke wie einen Sperrgürtel zwischen Mutter und Tochter. Madame Grossmann goss ihr Glas halb voll und nahm einen Schluck Limonade.

»Schmeckt scheußlich«, sagte sie und lächelte arglos, als hätte sie soeben in den verbotenen Apfel gebissen.

»Was ist los?«, fragte Cyrille.

»Nichts, bestimmt. Gar nichts. Ich habe mir nur gesagt ... Ich weiß nicht, was mir in den Kopf gefahren ist. Ich habe letzte Nacht nicht geschlafen, mich immer hin und her gewälzt. Ich habe das Gefühl, dass wir gerade einen Wendepunkt erleben. Wie soll ich dir das erklären? Ich habe versucht mit deinem Vater darüber zu sprechen, aber du weißt ja, wie er ist.«

»Nein«, sagte Cyrille, »ich verstehe nicht, was du sagen willst.«

Madame Grossmann seufzte tief und schob mit verzweifelter Handbewegung ihr Glas von sich.

»Du hilfst mir auch nicht gerade«, sagte sie. »Ich weiß genau, dass wir nie wirklich miteinander gesprochen haben, aber du könntest dir trotzdem etwas Mühe geben. Findest du nicht auch?«

»Aus dem Alter bin ich raus, das ist meine Meinung. Wenn du nur hergekommen bist um mir eine Moralpredigt zu halten, dann ist es zu spät dafür. Sag mir, was du zu sagen hast. Ich habe nicht den ganzen Tag Zeit.«

»Ich wusste genau, dass ich dich störe. Siehst du, ich habe es gewusst. Ich hätte nicht herkommen sollen. Es ist verrückt, wie weit weg man sich von seinen Kindern fühlt, wenn sie erwachsen werden.«

Cyrille runzelte die Augenbrauen, sie hatte den Eindruck, dass ihre Mutter nicht die geringste Vorstellung von der Person hatte, die ihr gegenübersaß.

»Aber Mama, was hast du denn nun eigentlich?«

»Stell dir vor, ich habe erfahren, dass deine Schwester heiratet.«

»Ja, ich bin auf dem Laufenden. Das ist keine echte Überraschung.«

»Nein, das will ich doch auch nicht sagen. Was hältst du bloß von diesem Daniel?«

»Was soll das heißen, ›dieser Daniel‹. Ich halte nichts Besonderes von ihm. Er ist Maschas Verlobter. Was willst du mehr?«

»Er ist ein Dummkopf. So, jetzt habe ich es gesagt.«

Mit befriedigtem Lächeln sank Madame Grossmann gegen die Stuhllehne.

»Was geht mich das an, außerdem heiratet er nicht dich, verdammte Scheiße!«

»Oh bitte, jetzt übertreibe mal nicht, ja. Ich sorge mich um das Schicksal meiner Tochter und mir scheint, das ist das Mindeste, was eine Mutter tun kann.«

»Ach ja?«

Cyrille biss die Zähne zusammen. Eine Mutter ist dazu da, ihre Kinder von der Schule abzuholen, Geburtstagsfeiern zu organisieren, ihnen Schlaflieder vorzusingen und mit ihnen im Garten zu spielen.

»Meinst du nicht, dass es dafür ein wenig zu spät ist?«

»Eine Verlobung kann man immer noch auflösen.«

Madame Grossmann sah zu, wie Cyrille das Zuckerpapier aufriss und ein Stück in ihre Tasse warf.

»Trinkst du den Kaffee jetzt mit Zucker?«

»Ja. Hätte ich dir vielleicht ein Einschreiben schicken sollen, damit du auf dem Laufenden bist?«

»Nicht so laut, meine Kleine«, sagte Madame Grossmann, beugte sich vor und sah sich nach dem Wirt des Cafés um, der hinter der Theke Gläser abtrocknete.

»Du hast mir nichts zu befehlen«, schrie Cyrille und hieb mit der Faust auf den Tisch. »Aus dem Alter bin ich raus, verstehst du? Wie oft muss ich dir das noch sagen?«

»Man bleibt immer die Tochter seiner Eltern, ob man es will oder nicht«, schnitt Madame Grossmann ihr das Wort ab.

»Ach ja? Also ich, weißt du …«, Cyrille unterbrach sich. Sie hatte keine Lust sich mit ihrer Mutter zu streiten. Die rebellische Zeit war vorbei. Sie musste ihrer Mutter zeigen, dass sie darüber hinweg war.

»Ich weiß nicht, worauf du hinauswillst, wenn du behauptest, dass Daniel ein Dummkopf ist«, begann sie erneut mit wieder ruhig gewordener Stimme und rührte dabei langsam mit dem Löffel in ihrem Kaffee. »Ich finde ihn sehr verführerisch. Du merkst gar nicht, wie sehr er sich anstrengt, uns zu gefallen und sich in unseren kleinen leicht snobistischen Clan zu integrieren. Übrigens tut er vielleicht manchmal etwas zu viel des Guten. Aber ich kann dir nur sagen, ich möchte nicht in seiner Haut stecken.«

»Vielen Dank im Namen deiner Schwester. Es gibt zig Männer, die wer weiß was dafür tun würden, um in seiner Haut zu stecken.«

»Ich rede nicht von Mascha. Ich rede von uns. Du, ich, Papa, die großartige Familie Grossmann. Wenn du meine Meinung hören willst, Daniel ist das Beste, was uns passieren konnte. Er bringt frischen Wind herein. Er erleichtert mir das Atmen, falls du es genau wissen willst.«

Madame Grossmann schloss die Augen, hob die Augenbrauen und drehte den Kopf weg. Sie fand das Gespräch vulgär und bedauerte sich in dieses Abenteuer gestürzt zu haben. Cyrille war auf sich selbst böse, weil sie ständig mit erhobener Stimme sprach. Ihre Mutter jagte ihr keine Angst ein. Sie fand sie rührend. Wieder dachte sie an die tote Fliege, deren plattgedrückter Körper in der Handtasche ruhte.

»Es war eine schlechte Idee«, sagte Madame Grossmann und zündete sich eine Zigarette an. »Ich weiß nicht, was ich mir davon erhofft habe. Ich mache mich verrückt. In dieser Situation komme ich mir so machtlos vor. Allein, total allein. Das Leben ist nicht so, wie man denkt. Man trifft eine Wahl, einfach so, mit zwanzig. Man glaubt, man könne das später immer noch ändern. Man hält sich für frei. Dann vergehen die Jahre, und alles bleibt gleich. Nach und nach verschließt man sich in seinen Gewohnheiten. Mit schlimmen Konsequenzen.«

Als sie den letzten Satz aussprach, hob sie mit tragischem Gesichtsausdruck die Augenlider. Cyrille lächelte.

»Du hast den Depri, was?«, sagte sie und war sich dabei insgeheim vollkommen sicher: Das sind die Wechseljahre.

»Na, jetzt übertreib mal nicht«, sagte Madame Grossmann, die durch die plötzliche Sympathiebekundung ihrer Tochter weich wurde. »Ich habe keinen Grund mich zu beklagen. Ich möchte nur, dass meine Töchter ihre Entscheidungen besser abwägen, als ich es getan habe.«

»Jeder macht seine eigenen Fehler, Mama. Du kannst sagen, was du willst, am Ende macht man immer Dummheiten.«

»Wie pessimistisch du sein kannst. Wirklich, du erinnerst mich an deinen Vater. Verrückt, wie sehr du ihm manchmal ähnelst. Er glaubt, dass alles vorherbestimmt ist, aber wenn das stimmt, wieso soll man sich dann noch anstrengen? Nein, das frage ich dich ernsthaft. Was versteht man unter *conditio humana*?«

Cyrille hob die Schultern.

»Nein, natürlich ist das nicht genau das, was ich sagen

wollte. In letzter Zeit kann ich mich nicht mehr richtig ausdrücken. Ich habe den Eindruck zehn Neuronen pro Sekunde zu verlieren. Das Altern ist schrecklich, schrecklich!«

Cyrille wiegte den Kopf und wartete darauf, dass ihre Mutter sich beruhigte. Ein Mann betrat das Café. Er trug ein Akkordeon vor der Brust und Cyrille betete, dass er nicht zu spielen beginnen würde. Nur ein Hauch von Pittoreskem, und ihre Nerven würden versagen. Er stellte sich an die Theke, bestellte ein Glas Rotwein und richtete das Wort an den Wirt, der ihm wie aus der Pistole geschossen antwortete. »Was! Äh, oh. Jo, jo. So, so. Tsss.« Sie hätte sie gerne beobachtet, um ihnen die Wörter, die nicht zu ihren Ohren drangen, von den Lippen abzulesen, aber sie wagte es nicht, denn sie fürchtete, der Mann mit dem Akkordeon könnte ihr Interesse als Frage missverstehen.

»Spielst du was für uns?«, fragte der Wirt.

Ich bin geliefert, dachte Cyrille.

»Was Romantisches«, fing er wieder an, noch etwas lauter. »Wir haben Gesellschaft.«

Cyrille sah ihre Mutter bescheiden lächeln und schloss die Augen um dieses erniedrigende Bild zu tilgen. Lautlos trommelte der Musiker auf den Knöpfen seines Instrumentes herum und suchte mit den Fingerspitzen die Melodie eines der Situation angemessenen Liebesliedes. Dann breitete er die Arme aus, und aus dem großen Blasebalg ergossen sich dissonante Töne. Cyrille sah, dass die Lippen ihrer Mutter den Text von *L'amant de St. Jean* formten. Ihr fielen die alten Ehepaare ein, die man am 14. Juli tanzen sehen konnte. Um nicht zu fallen klammerten sie sich aneinander, machten ganz kleine Schritte ohne aus dem Rhythmus zu kommen, ohne einander anzusehen, und drehten sich langsam mit einer verrückten Technik, über die ihr Alter anscheinend keine Macht hatte. Wenn das Lied zu Ende war, setzten sie sich wieder an ihren Tisch, leicht schwankend und zu sehr außer Atem zum Sprechen. Mit geradem Rücken blieben sie sitzen, sahen den anderen zu und unter der Last der erfüllten Aufgabe neigten ihre Köpfe sich leicht aufeinander zu. Keine Kinder mehr, keine Arbeit mehr. Jetzt hatten sie alle Zeit der Welt zum Tanzen. Es gab nichts anderes mehr zu tun.

Cyrille spürte, dass eine Träne aus ihrem Auge quoll, und ließ sie laufen. Mit leuchtenden Augen lächelte ihre Mutter die beiden Männer offen an. Auch sie war einmal jung und verliebt gewesen. Zu ihrer Zeit hatte man noch Sinn fürs Feiern gehabt, die Männer trugen Krawatten und die Haare der Frauen dufteten nach Haarspray.

»Ich begleite dich zurück«, sagte Cyrille.

»Das ist nicht nötig«, sagte ihre Mutter. »Ich nehme ein Taxi. Mach dir keine Sorgen um mich.«

Sie nahm einen Fünfzigfrancschein aus ihrem Portemonnaie und wedelte damit in Richtung der Theke, wie mit einem Taschentuch auf dem Bahnsteig. Zigarettenasche fiel in ihr Glas.

»Bemühen Sie sich nicht«, übertönte sie die Musik, als sie sah, dass der Wirt hinter der Theke hervorkam. »Das ist für das Akkordeon.«

Die beiden Männer lächelten ihr zu und Cyrille erhob sich von ihrem Stuhl.

Auf der Straße nahm sie den Arm ihrer Mutter und zwang sich, ihren Schritt dem ihrigen anzupassen. Sie hatte ihr nichts mehr zu sagen, ihre Mutter kam ihr ungefährlich vor.

»Ich rufe dir von der Zentrale aus ein Taxi«, sagte sie, als sie vor dem Eingang zur Klinik angelangt waren.

Madame Grossmann schüttelte den Kopf.

»Ich komme schon zurecht. Ich habe dich auch so schon genug gestört.«

Noch einmal wollte Cyrille ihr sagen, dass sie sie nicht störte, und sie sogar auffordern, jederzeit wieder zu kommen, aber die Wörter blieben ihr in der Kehle stecken. Ihre Mutter legte ihr die Hand in den Nacken und küsste sie. Cyrille spürte, wie sie ihre Wirbelsäule krümmte um mit ihr auf gleicher Höhe zu sein. Sogar mit Absätzen war ihre Mutter kleiner als sie. Warum mussten die Töchter eines Tages größer werden als ihre Mütter?

»Also, ist alles in bester Ordnung?«, fragte Madame Grossmann mit traurigem Lächeln.

Cyrille nickte.

»Ich weiß nicht, was in mich gefahren ist«, wiederholte ihre Mutter, bevor sie sich umdrehte.

Als Cyrille zusah, wie sie wegging, versuchte sie diesen letzten Satz aus ihrer Erinnerung zu löschen.

»Wer war denn das?«, fragte Viviane.

»Wer denn?«

»Na die Dame. Ich habe euch durch das Fenster gesehen.«

»Meine Mutter.«

»Du hättest sie mir vorstellen können.«

»Sie wollte nicht hereinkommen.«

»Sie hat sich gut gehalten.«

Cyrille fand, dass sie gealtert war. Sie dachte, dass der Taxifahrer, der sie in diesem Augenblick nach Hause fuhr, sich bestimmt glücklich schätzte, weil ältere Leute oft bessere Trinkgelder geben.

»Sie war einmal sehr schön«, sagte sie.

»Sie muss mitten in den Hochzeitsvorbereitungen stecken. Weißt du, ich kann es kaum erwarten auch in dieses Alter zu kommen. Seine Tochter verheiraten muss etwas ganz Außergewöhnliches sein. Dann meint man sicher, dass das Leben einen Sinn hat.«

»Eben«, sagte Cyrille und nickte mehrmals mit dem Kopf.

»Eben was?«

»Nichts. Ich denke nach.«

»Du gehst mir auf die Nerven mit deiner Geheimniskrämerei.«

Cyrille seufzte. Es hatte sie eine halbe Stunde gekostet, ihrer Mutter die Würmer aus der Nase zu ziehen und jetzt war die Lampe des Inquisitors plötzlich auf sie selbst gerichtet. ›Wirr aben die Mittel, sie sum Spräcken su pringen‹, sagte sie zu sich, im Gedanken an die Spionagespiele, die ihre Flurnachbarn erfunden hatten. Zwei Jahre lang hatten sie und

Mascha sie gespielt, hatten sich Briefe in schlechtem Deutsch geschrieben und sich mit Springseilen gefesselt.

»Du hast Recht«, sagte sie. »Entschuldigung. Ich habe nur gerade gedacht, dass es meiner Mutter im Augenblick nicht besonders gut geht. Ich glaube, die Ereignisse wachsen ihr etwas über den Kopf.«

»Mach dir keine Sorgen«, sagte Viviane und nahm ihren Arm. »Bei meiner ist es auch so. Weißt du, ich rede nicht darüber, weil ich nicht gerne jammere, na ja, ich versuche eben alleine mit meinen Sorgen klarzukommen, aber meine Mutter ... Natürlich hat die Neuigkeit sie zutiefst erschüttert. Na gut, ich musste ihr versprechen, nicht darüber zu reden, aber verstehst du, sie hat einen Knoten in der Brust.«

Als Viviane dieses Geheimnis verriet, hatte ihre Stimme einen besonderen Tonfall angenommen und Cyrille fühlte sich augenblicklich dieses Vertrauens unwürdig. Der Gesundheitszustand der Bäuerin aus dem Limousin war ihr vollkommen egal und sie verstand vor allem nicht, was das mit Vivianes Hochzeit zu tun hatte. Trotz allem versuchte sie, einen mitfühlenden Ausdruck auf ihr Gesicht zu legen, und verbat sich den Gedanken, wie eine Frau mit einer dermaßen ausladenden Oberweite in dem Fleischberg, der ihr auf den Bauch hing, überhaupt einen Knoten bemerken konnte.

»Weißt du, das spielt sich alles nur im Kopf ab«, fügte Viviane hinzu. »Das ist psychosomatisch. Verstehst du, wie das zusammenhängt?«

Cyrille riss die Augen auf.

»Das ist doch nicht schwer zu verstehen«, seufzte Viviane. »die Brust ist das nährende Organ. Sie ist das Symbol der Mütterlichkeit.«

Cyrille kniff die Augen zusammen und tat so, als würde sie sich um Verständnis bemühen, wozu sie jedoch nicht genug Energie aufbrachte.

»Also gut, ich heirate, o.k.? Das heißt, dass ich nicht länger ihr Baby bin, o.k.? Und sie somatisiert das, verstehst du? Der Tumor bedeutet den Verzicht. Sie weiß – in ihrem Unbewussten, aber na gut, das ist das Gleiche – irgendwo weiß sie jedenfalls, dass sie ihre Tochter verliert, verstehst du?«

Cyrille nickte. Viviane fasste für sie gerade die Psychovorlesung des zweiten Lehrjahres noch einmal zusammen. Bestimmt hatte sie es auswendig gelernt. Ob sie wohl ihrer Mutter davon erzählt hatte? Es war nicht ganz abwegig.

Vielleicht erschauderte Madame Grossmann ja eben in diesem Moment bei dem Gedanken, dass in einigen Jahren ein kleines Kind an ihrem Rock ziehen und Oma zu ihr sagen würde. Wieder zu Hause angekommen, würde sie sich vor dem Kleiderschrankspiegel ausziehen und ihre Brüste betrachten. Mit Sicherheit waren die dicken Brüste von Vivianes Mutter weniger trostlos. Cyrille gab sich das Versprechen, das nicht zu vergessen. Wie in einem Notizbuch notierte sie auf der Seite fünfzig Jahre: von nun an dick werden. Es war besser, zu sehen, wie sich ihre Haut unter dem Druck des Fleisches spannte, als festzustellen, wie der nicht ausgefüllte Balg knitterte.

»Hast du Angst vor dem Altwerden?«, fragte Cyrille.

»Sag mal, hörst du mir überhaupt zu, wenn ich rede? Manchmal frage ich mich wirklich, warum ich mich noch weiter mit dir befasse. Von einem Satz zum nächsten vergisst du, was ich dir gesagt habe. Ich habe gerade gesagt, dass ich es kaum erwarten kann, an ihrer Stelle zu sein. Sechzig Jahre, die Kinder sind erwachsen, die Enkel kommen, man verbringt den Tag mit Kuchenbacken. Ich finde das wundervoll. Du nicht?«

»Doch, na ja, ich weiß nicht. Ich kann es mir nicht gut vorstellen.«

»Das kommt, weil du niemanden hast. Wenn man jemanden wirklich liebt, möchte man mit ihm alt werden.«

Cyrille malte sich aus, wie sie dem Charme eines Mannes erlag, und wie immer konnte sie sich die Umrisse seiner Gestalt nicht vorstellen. Wie durch einen Blitzschlag würde sie erstarren, auf der Stelle vertrocknen wie ein Baum nach einem Gewitter, zweigespalten, mit geschwärztem Stamm und verkümmerten Ästen. Danke, Viviane, dachte sie, dass du mir die Wunder der Liebe enthüllt hast. Ein Blick und Zack! Zum alten Eisen. Sie schob ihre Hand zwischen zwei Knöpfen ihres Kittels hindurch unter das T-Shirt um die Haut ihres Bauches zu ertasten. Wagen wir einen Versuch. Während sie ihre Handfläche auf den warmen Körper presste, ließ sie Jacob – warum nicht ihn – auf dem Bildschirm ihrer Augenlider erscheinen. Sie konzentrierte sich, schloss die Augen, wiederholte seinen Namen und spürte ein Klopfen unter ihren Fingern, ein Blutschwall, der ihr Fleisch zucken ließ. Ein heißer Strom floss ihr vom Nabel in die Schenkel. Ergebnis negativ: Haut intakt, Muskeltonus normal, Blutdruck normal – vielleicht geringfügig erhöht – kein Anzeichen des Alterns. Er war es nicht. Sie lächelte, weil ihr eine wissenschaftliche Demonstration ihrer Gefühle gelungen war.

»Hast du Bauchschmerzen?«, fragte Viviane, als sie bemerkte, wie sie die Hand wieder unter dem Kittel hervorzog.

Cyrille sah sie beschämt an und fühlte sich ertappt, weil sie noch zwei Finger zwischen den Knöpfen hatte.

»Nein. Ich versuche nur mir ein gewisses Etwas zu geben. Wie Napoleon, zwei Finger auf dem Magengeschwür.«

Viviane verzog angewidert das Gesicht und schloss die Lider.

»Das Ärgerliche an dir ist«, sagte sie, ohne Cyrille dabei eines Blickes zu würdigen, »dass man sich mit dir nie ernsthaft unterhalten kann. Immer weichst du aus. Ich weiß nicht, was das bei dir ist, eine innere Blockade vielleicht. Jedenfalls willst du dich partout niemandem anvertrauen, du verweigerst den Austausch.«

»Das stimmt. Ganz bestimmt«, sagte Cyrille, die entschlossen war sich ins Gewissen reden zu lassen. Sie entspannte sich wie unter den Händen einer erfahrenen Shampooneuse, die die Haarwurzeln massiert, ihre geschickten Finger langsam ins Gehirn vorschiebt, es zärtlich und unvoreingenommen streichelt, bis es nachgibt, die Zunge löst und sein Herz ausschüttet, von den schlimmsten Übeln der Welt bis zu den kleinsten persönlichen Missgeschicken.

»Ich mache dir keinen Vorwurf«, sagte Viviane. »Ich spüre

doch, dass du es nötig hast zu reden und du sollst wissen, dass ich für dich da bin, dass ich dir zuhören kann.«

»Meine Mutter hat mich besucht, weil ... na gut, also vor allem, ich weiß nicht, ob es dir aufgefallen ist, aber sie war zum ersten Mal hier.«

Viviane zwinkerte mit verständnisvollem Gesichtsausdruck.

»Sie wollte mit mir über die Heirat meiner Schwester reden. Tatsächlich hat sie den ganzen Weg nur gemacht um mir zu sagen, dass Daniel – das ist der Typ, der meine Schwester heiraten soll –, dass er ein Dummkopf ist. Daniel ist ein Dummkopf, das hat sie mir gesagt. Und du hast ja keine Ahnung, wie zufrieden sie aussah, als sie das losgeworden war. Das war seltsam, vor allem weil man in unserer Familie immer alles für sich behält. Man weiß, was die anderen denken, aber man spricht es nicht aus. Ich hätte etwas antworten müssen, aber ich wusste nicht, was ich sagen sollte. Ich weiß, dass er im Moment von allen getestet wird, auch von meiner Schwester. Von mir natürlich auch. Übrigens hätte ich ihn nur in Schutz genommen um meine Mutter zu ärgern, denn eigentlich finde ich ihn nicht ... Wie soll ich sagen?«

»Warte, es klingelt.«

Viviane nahm das Telefon ab, dessen Lämpchen blinkte, ohne dass Cyrille es gemerkt hatte.

»Ja ... ja, ich verstehe, aber ... Überhaupt nicht ... nur ... Gut, gut, ja, ich komme.«

Sie stand auf, nahm Cyrilles Hand und drückte sie sehr fest.

»Farida klappt im Kreißsaal fast zusammen, ich muss sie ablösen. Siehst du, es ist nicht so schwer zu reden. Tut doch gut oder?«

Cyrille nickte und zog ihre Finger zurück, die Viviane in ihrer Zuneigung zerquetscht hatte.

Entwaffnet schob sie erneut die Hand auf ihren Bauch. Ihre eiskalten Finger zitterten. Sie fühlte sich so erbärmlich, als hätte sie in alten Liebesbriefen gelesen. Wie war es nur möglich, dass sich in ihrem Kopf so viel krauses Zeug türmte? Warum konnte sie die Dinge nicht auf einfache Art sagen, mit derselben Ruhe und Sicherheit wie Viviane, als sie ihr vom Tumor ihrer Mutter erzählte. Sie wollte gerne glücklich sein, durch einen Wald laufen, der durch fahle Sonnenstrahlen durchschnitten wurde, so kitschig wie in einer Sprudelwerbung. Sie ertappte sich beim Neid auf das zurückgezogene Leben der Nonnen und erwog schließlich sogar, sicher wegen der Lage ihrer Hand auf ihrem Bauch, ein kurzes Exil auf der Insel Elba als besten Ausweg aus ihrer Erschöpfung.

Sie wollte reinen Tisch machen. Auf dem Schreibtisch in ihrem Kinderzimmer lag eine Federmappe, ein Geschenk ihres Vaters, voll mit schlecht angespitzten Bleistiften und Federhaltern, die ihr die Finger fleckig machten. Rechts davon ein Stapel Schulbücher, links eine Kiste aus Weichholzlamellen, voll mit weißen und karierten Blättern, ein staubiges Viereck rund um das Radio und ein marineblau bemalter Schuhkarton, der Vincents Briefe bewahrte. An diesem Tisch hatte sie viel Zeit verbracht, aus dem Fenster geschaut, sich dabei über die Wange gestrichen, sich vorgestellt, dass das Glück ewig dauern würde, und die Gründe ihrer Zufriedenheit aufgezählt. Manchmal hatte sie sich auf ihrem Bett heftig geräkelt, bevor sie ihre Glieder in die frischen Laken sinken ließ; sie erstrebte die perfekte Ruhe. Kissen unter dem Kopf, Matratze unter dem Körper, Laken unten, Laken oben und die vom chinesischen Schatten des monddurchschienenen Balkongitters ziselierte Dunkelheit. Saß sie dann wieder an ihrem Tisch, zählte sie noch einmal auf: Mein schöner, kluger, toleranter Vater; meine originelle, anmutige, faszinierende Mutter; meine freundschaftliche, zärtliche verspielte Schwester; und da Vincent, mit mir zusammen, für immer. Nichts sollte sich ändern.

Jetzt konnte sie die Epochen ihres Lebens nur noch wie dicke Holzperlen auf einer Kette auffädeln, die man nicht mehr zu tragen wagt und die neben anderen selbst gemachten Muttertagsgeschenken als schäbige Schlange auf einem Regalbrett liegt. Das Ärgerliche daran ist, dass man sie nicht wegwerfen kann, denn jedes von ihnen ist auf seine Art ein demütigender Beweis der Liebe des Kindes zu seinen Eltern.

Die Vergangenheit war mit blauen Flecken auf ihre Haut gezeichnet. Sobald ihr ein Bild ins Gedächtnis kam, regte sich das Leid. Es gab keine guten und schlechten Erinnerungen. Die Schmerzen blieben lebendig, die Freuden verhärteten sich mit der Zeit und vertrockneten wie Seesterne, die ihre Farbe und Anmut verlieren, sobald sie nicht mehr im Wasser liegen, noch bevor sie anfangen nach Verwesung zu stinken. Ich bräuchte eine gründliche Gehirnwäsche, dachte sie, etwas Gewaltsames wie ein Elektroschock, um mit einer einzigen Erschütterung die ganzen fossilen Ablagerungen auszuwaschen.

Cyrille war acht Jahre alt gewesen. Sie hopste auf ihrem Bett herum wie auf einem Trampolin, als ihr Vater ins Zimmer kam. Bei seinem Anblick sprang sie noch höher und lachte schallend, um ihm zu zeigen, wie glücklich sie war. Er ging drei lange Schritte auf sie zu, gab ihr eine Ohrfeige und sagte dabei, dass ein Bett zum Schlafen da sei. Mit feuerroten Backen brach sie in Tränen aus, denn sie spürte, dass sie einen Fehler begangen hatte, der alles ihr Vorstellbare bei weitem übertraf. Sie kauerte sich auf die Tagesdecke, spürte, wie eine Sprungfeder brach und sich in ihre Handfläche bohrte, und regte sich nicht, denn sie war sicher, dass auch dieser Stich durch ihre Haut noch Teil der Strafe war. Dann eilte ihre Mutter herbei. Was ist los? Nichts, nur Cyrille, sie ist auf ihrem Bett herumgehopst. Ein richtiger Racker. Man versteht ja seine eigenen Gedanken nicht mehr. Ebenso schockiert wie ihr Mann schüttelte Madame Grossmann den Kopf und ging zum anderen Ende der Wohnung zurück. Sobald die Tür wieder zu war, hob Cyrille das Laken an, um die Matratze zu untersuchen. Was es wohl kostete, eine Matratze zu reparieren? Sie wusste nicht mehr genau, wie viel Geld in ihrer Sparbüchse steckte. Mit der Fingerspitze versuchte sie die Eisenspirale zusammenzudrücken, damit sie wieder an ihren Platz unter dem Drillichbezug rutschte, aber die Feder schnellte heraus und schnitt sie unter dem Fingernagel. Cyrille streckte sich der Länge nach auf dem Boden aus, fest entschlossen, ihr Blut zu verströmen ohne um Hilfe zu rufen. Nach wenigen Minuten hatte sich eine Kruste gebildet, und sie hatte ihren Finger gehasst.

Jedes Mal, wenn ihr Vater sie danach mitnahm um in seinem Lieblingsgeschäft ein neues Notizbuch auszusuchen, fragte sie sich, ob er ihr wohl wegen der Geschichte mit der Feder noch böse war. Warum sollte sie nicht jetzt, als Erwachsene, zu ihm gehen und ihn nach dem Grund für diese Ohrfeige fragen? Vielleicht würden sich, ausgehend von seiner Antwort, alle Stränge ihrer Traurigkeit entwirren.

Sie sah sich selbst vor Augen, wie sie die Tür der Bibliothek aufstieß, den breiten, über den Schreibtisch gebeugten Rücken ihres Vaters erblickte und sich ihm lautlos näherte, voll Respekt vor seiner Arbeit, wie man es ihr beigebracht hatte. Sie schluckte, dann richtete sie das Wort an die undurchdringliche, braune Masse, die wie ein altes Transistorradio summte. Bestimmt hob er nicht sofort den Kopf, wenn er ihre Stimme hörte. Lächelnd würde er sich langsam umdrehen und dann erst den Blick auf sie richten. Vor ihrem geistigen Auge erschien der zärtliche und bittere Blick ihres Vaters, seine eng zusammenstehenden Augen, seine Iris, dunkel wie ein Abgrund. Er sah sie immer noch mit demselben Ausdruck an, dieser Gesichtsausdruck gehörte Cyrille und war ein Zeichen für ihre gemeinsamen Geheimnisse. Sie zitterte, als hätte sie eine verbotene Tür geöffnet, und hatte ein schlechtes Gewissen, weil sie ihren Vater besaß, aber sie ihm nicht gehörte.

Sie legte ihre linke Hand auf sein Knie und begann gedankenverloren die weiche Haut zu massieren.

6

Unter dem warmen Strahl, der auf ihren Schultern prickelte, rieb Cyrille sich die Hüften und versuchte die Bilder des vergangenen Tages zu verscheuchen. Um dreizehn Uhr begann der Lunch – diesen Namen hatten Daniels Eltern als Bezeichnung für die Hochzeit ihres Sohnes gewählt. Es war ein grober Organisationsfehler ihrerseits, dass sie jetzt schon wieder duschte, obwohl sie vor einer Dreiviertelstunde schon dasselbe getan hatte.

Bevor sie ihr Kleid überstreifen konnte, musste sie noch warten, bis ihre Haare getrocknet waren. Sie würde niemals rechtzeitig da sein. Ihr Herzschlag beschleunigte sich. Sie ließ die Seife fallen und stieß sich am Wasserhahn, als sie sie wieder aufheben wollte. Vor Schmerz begann sie zu weinen. Sie murmelte einige Wörter und der Klang ihrer Stimme beschämte sie.

Warum musste bloß alles auf einmal passieren? In Gedanken war es ihr gelungen, die verschiedenen Ereignisse, die den Sommeranfang markieren sollten, auf präzise Termine zu legen. Mitte Juni Maschas Hochzeit, alle Zeit der Welt sich darauf vorzubereiten. Dann vier Wochen Ruhe bis zu Héloïses Niederkunft und den ganzen restlichen Sommer um die Erinnerung an diese missratene Freundschaft auszulöschen. Sie erinnerte sich, dass sie eines Nachts Ende Mai eingeschlafen war, den Blick auf einen riesigen Abreißkalender geheftet, auf dem nur die beiden Daten markiert waren. Sie lagen gerade weit genug voneinander entfernt, dass sie ihr in der Leere der bedeutungslosen Tage Zeit zum Leben ließen, mit der einzigen Sorge, ihren Weg auf einen unbestimmten Punkt hin weiterzugehen, der jedoch immer deutlicher wurde.

Héloïses letztes stolzes Aufbäumen hätte sie nicht überraschen dürfen, vielmehr hätte sie rechtzeitig begreifen müssen, dass es für sie nicht infrage kam, sich die Show von einer jungen Braut stehlen zu lassen.

Vor zwei Tagen hatten die Wehen eingesetzt und Cyrille eine schlaflose Nacht beschert, die unter ihren Augen schwarze Ringe hinterlassen hatte.

Héloïse stöhnte in regelmäßigen Abständen auf, presste die Hände in die Seiten und sah zu, wie sich Cyrilles Gesichtsfarbe von rosig zu grau verfärbte, ihr die Haare auf der Stirn klebten und ihr Rücken sich unter der Last der Müdigkeit beugte. Sie wollte nicht die Einzige sein, die vor Schwitzen und Schlafmangel hässlich wurde. Unwiderruflich hatte sie beschlossen, dass Cyrille und sie ein Team bilden sollten. Jacob war zum Schlafen nach Hause gegangen und hatte sie Auge in Auge zurückgelassen; jede eine Widerspiegelung der anderen beobachteten sie sich wie zwei Spinnen, die an einem einzigen Netz webten.

Die Stunden waren vergangen, hatten die Gedanken immer mehr verwirrt und das Zimmer in zuerst tiefblaue, mittelblaue, dann graue und schließlich blasslila Quadrate unterteilt. Manchmal senkte Cyrille den Kopf um auf ihre Uhr zu sehen und jedes Mal hatte der Zeiger mehr als die Hälfte des Zifferblattes übersprungen.

Sie nahm Héloïses Hand, fand sie kalt, legte noch eine Decke auf, schloss das CTG an, zeichnete Daten auf und nahm sich nicht die Zeit sie zu lesen, zog die Decke zurück, nahm das Laken weg, schob die Oberschenkel auseinander, steckte ihre Finger dazwischen und zog sie wieder zurück. Es geht nicht gerade schnell vorwärts, sagte sie. Was soll ich bloß machen?, fragte Héloïse und zog die Beine an den Bauch. Wir müssen nichts unternehmen, sagte Cyrille. Wir warten.

Farida hatte an die Tür geklopft.

»Soll ich dich ablösen?«

»Nein, schon gut. Ich bleibe hier.«
Héloïse hatte gelächelt.
»Ruf Jacob an.«
»Nein, es ist noch zu früh.«
»Ich habe gesagt, du sollst Jacob anrufen.«
»Es ist unnütz ihn mitten in der Nacht aufzuwecken, er wird ausflippen.«
»Er soll kommen. Mir doch egal, wenn er ausflippt.«

Eine halbe Stunde später hatte es an der Pforte geläutet und leicht schwankend war Cyrille die dunklen Flure entlanggelaufen. Der Kaffee, den sie sich einige Minuten früher gegönnt hatte, brannte sich durch ihre Magenschleimhaut. Sie meinte, ihre Knochen in den Gelenken knirschen zu hören, als wollte ihr Skelett die Gelegenheit, dass das Fleisch eingeschlafen war, für einen zaghaften ersten Ausgang nutzen. Als sie plötzlich auf die Tür zuging, leuchteten ihre Oberschenkelknochen und ihr Schädel weiß phosphoreszierend auf dem schwarzen See der Glasscheibe.

Jacob lächelte sie an. Im Aufzug schloss er sie in die Arme. An seinen Körper gepresst atmete Cyrille den Duft der Nacht in seinem Nacken. Als die Kabine an der dritten Etage anhielt, ging das Licht aus. Sie schloss die Augen, lauschte in der Stille auf Jacobs Atem und suchte seinen Mund. Ihre Brüste waren leicht eingequetscht, und sie wusste nicht wohin mit den Knien. Sie hätte es gerne gehabt, wenn ihre Bäuche sich berührt hätten. Sie wartete. Dann schlug sie die Augen wieder auf und sah über Jacobs Schulter hinweg ihr Gesicht in der Spiegelwand des Aufzuges; ein graues Oval auf schwarzem Grund. Sie legte Héloïses Mann die Hand auf den knochigen Rücken.

»Ich hätte nicht gedacht, dass mich die Sache so mitnehmen würde«, murmelte er. »Ich habe neun Monate Zeit gehabt, um mich an das, was mit mir geschah, zu gewöhnen, und erst jetzt … Was ich Ihnen da sage, muss Ihnen grässlich banal vorkommen. Sicher erzählen alle jungen Väter denselben Blödsinn oder?«

Cyrille stieß mit der Seite die Aufzugtür auf.

»Nein, ganz und gar nicht«, sagte sie und führte ihn zum Zimmer 308.

Als Jacob sich zu Héloïse hinunter neigte, um sie zu küssen, wandte Cyrille den Blick ab.

Einige Stunden später kam das Kind zur Welt. Cyrille hielt es einen Moment lang im Arm, dann reichte sie es, aus Angst, es fallen zu lassen, an Jacob weiter.

»Wenn es ein Mädchen gewesen wäre, hätte ich es Cyrille genannt«, sagte Héloïse.

Cyrille lächelte, versuchte das Zittern ihres Kinns zu unterdrücken und verließ langsamen Schrittes, mit über der Brust verschränkten Armen den Kreißsaal.

»Ist dir klar, dass du mir noch nicht mal dein Kleid vorgeführt hast?«, sagte Viviane, als sie kam und sich neben sie setzte.

Cyrille antwortete nicht. Sie wusste, dass sie losschluchzen und schreckliche Laute hervorstoßen würde, sobald sie den Mund öffnete.

»Ich habe dir doch gesagt, das ist eine gute Adresse. Und außerdem, weißt du, man muss sagen, dass es heutzutage keine wirklich guten Schneider mehr gibt.«

Sie zog ein Stück Papier aus ihrer Kitteltasche, auf dem unbeholfen das Kleid skizziert war, das Cyrille sich für die Hochzeit ihrer Schwester ausgedacht hatte.

»Schau her«, sagte Viviane und zeigte auf die Schultern auf der Zeichnung. »Wie sollte denn das deiner Meinung nach halten? Außer man würde kleine Klappen annähen … lass mal sehen … ja, kleine Klappen mit einem Druckknopf, um sie an den BH-Trägern zu befestigen. Ach nein, wie dumm, mit so einem Rückenausschnitt kannst du ja gar keinen BH tragen. Na ja, dann ist es wirklich unmöglich, und außerdem kannst du mir glauben, beim Tanzen fühlt man sich wohler, wenn man gut gestützt ist.«

Cyrille nickte.

»Du siehst so seltsam aus«, sagte Viviane und faltete die Zeichnung wieder zusammen. »Du bist kaputt, was? Man kann wirklich nicht sagen, dass die 308 dir ein schönes Geschenk gemacht hat. Einen Tag vor der Hochzeit deiner Schwester. Also wirklich, ungelogen, manchmal möchte man meinen, dass sie das absichtlich machen. Soll ich dir ein Aspirin holen?«

Cyrille schüttelte den Kopf.

»Die blöde Kuh hat dir alles vermasselt«, sagte Viviane wütend.

Cyrille brach in Tränen aus. Viviane legte den Arm um sie und streichelte ihr sanft die Haare.

»Es wird schon wieder. Du bist kaputt. Ist nicht so schlimm. Weine nur, das tut dir gut. Du fährst jetzt nach Hause und schläfst dich aus. Ich rufe dir ein Taxi. In unserem Beruf muss man stark sein. Die Leute haben ja keine Ahnung. Man steht immer unter Druck.«

Sie nahm ein Papiertaschentuch aus einer Packung, die auf dem Tresen herumlag, und putzte ihr damit die Nase.

»Warum erlebe ich nie was«, fragte Cyrille mit so verzagter Stimme, dass Viviane es nicht hörte.

»So, jetzt ist es vorbei. Ich rufe dir ein Taxi.«

Im Wagen, der sie nach Hause brachte, weinte Cyrille nicht mehr. Ihre Lider schlossen sich, dann klappten sie wieder auf. Ihr fiel ein, dass sie als Kind sehr stolz darauf gewesen war, den Ausdruck ›in den Schlaf fallen‹ wirklich zu verstehen. Es geschah, wenn man so müde war, dass man in dem Augenblick, in dem das Gehirn das Bewusstsein losließ, spürte, wie man ins Leere rollte.

Wie ein beruhigendes Echo auf Vivianes Worte sagte sie sich: Ich bin kaputt. Nichts weiter, nur grenzenlos müde. Unnötig, sich Geschichten zu erzählen, sich vorzumachen, sie habe sich verliebt, nur weil sie in einer Aufzugkabine gespürt hatte, wie sie dahinschmolz. Sie durfte nicht mehr an Héloïse denken. Sie musste alles vergessen, zwanzig Stunden lang schlafen und am nächsten Tag um dreizehn Uhr am Eingang zum Empfangssaal antreten.

Als sie vor dem schmiedeeisernen Gitter ankam, stellte sie

fest, dass sie eine Viertelstunde zu früh dran war. Sie strich den Seidenstoff ihres Kleides über dem Bauch glatt, verlor sich mit dem Blick für einen Augenblick in den Blumenmotiven, die so spiralig waren, dass einem davon schwindelig wurde, und sah dann zu den Steinstufen empor, die hinter einem Rasenviereck zu den Empfangsräumen des *Hotel Saint-James* führten. Wie auf der Spitze eines Hochzeitskuchens sah sie die auf der Schwelle aufgebauten Silhouetten von Mascha und Daniel.

Reglos wie Zuckerfigürchen schienen sie darauf zu warten, dass sie das Messer mit einem Schlag enthauptete. Sie waren winzig klein und ihre Augen waren auf einen Punkt irgendwo oberhalb von Cyrilles Kopf gerichtet. Es wäre zu viel gesagt, dass sie in dieselbe Richtung schauten, wie es bei Eluard heißt, der die Schülerinnen zu Tränen gerührt hatte. Jeder war in die einsame Betrachtung seines Glückssterns versunken, der am helllichten Tag geheimnisvoll leuchtete.

Cyrille ging einige Schritte vor und bemerkte etwas weiter rechts die beiden Elternpaare. Daniels Mutter lachte überlaut, und immer, wenn sie sich Madame Grossmann näherte, wich diese um einen Schritt zurück. Dann nahm jede wieder ihren ursprünglichen Platz ein. So wie sie dastanden, eingerahmt von ihren Gatten, die ihre Verwirrung unter verantwortungsbewusst gerunzelten Augenbrauen nicht erfolgreich verbergen konnten, erweckten sie den Eindruck ganz an einen Tanz hingegeben zu sein, einer Art ausgeklügelter Quadrille, in der jeder Schritt festgelegt war. Cyrille dachte, wie seltsam es war, dass Maschas und Daniels Begegnung dieses minutiöse Ballett veranlasst hatte. »Mir graut vor Hochzeiten«, hatte ihre Mutter eines Tages zu ihr gesagt, als sie sich in einem hautengen, blutroten Kleid zu einem Fest aufmachte, das sie ihren Töchtern lieber ersparen wollte. »Aber warum denn?«, fragte Cyrille. »Ich würde gerne mitkommen.« »Du hast ja keine Ahnung«, antwortete Madame Grossmann. »Das ist nicht einfach nur ein Fest mit Musik und Appetithäppchen, sondern die künstliche Vereinigung zweier Familien, die sich nur verabscheuen können. Es ist barbarisch und meistens trostlos.« Cyrille hatte genickt und dabei gedacht, dass ihrer Mutter wirklich keine Ausreden mehr einfielen, wenn sie ohne ihre Töchter ausgehen wollte.

Sie hatte nicht den Mut als Erste zu erscheinen und beschloss noch einige Minuten zwischen den steinernen Fassaden umherzuschlendern. Sie begann damit, die kleinen weißen Nummern, die auf marineblauen, über den Türen angebrachten Schildern aufgemalt waren, zu lesen, als hätte sie in der Ordnung der Zahlen, die zwangsläufig aufeinander folgten, eine geheime Botschaft entziffern können, ein Zeichen von dem, was die Zukunft für sie bereithielt. Einen Augenblick gelang es ihr zu vergessen, dass sie zur Hochzeit ihrer Schwester ging; wenn ihr Vater sie zum ersten Mal in ihrem Leben zum Tanz aufforderte, war es immer noch früh genug sich daran zu erinnern. Sicher würde er verlegen sein und ihr würde es schwer fallen, sich von seinen Händen führen zu lassen, die sie seit Jahren nicht mehr berührt hatten. In ihrem Ohr würde sie seinen Atem hören, als wolle er in ihrem Kopf atmen, und sie würde sich damit trösten, dass es nicht länger als drei Minuten dauern konnte.

Sie setzte sich auf eine Bank und schlüpfte mit den Füßen aus den Schuhen. Sie sah nicht gerne die Naht der Strumpfhose an ihren Zehenspitzen. An dieser Stelle waren die Maschen immer etwas dichter, sie zwängten die Zehen ein und setzten ihnen ein lächerliches Hütchen auf. Sie ließ ihre Knöchel nach außen, dann wieder nach innen rollen und beobachtete die Bewegungen der beiden Anhängsel, als hätten sie nie zu ihrem Körper gehört. Zwei weiße, rosa und glänzende Marionetten ohne Mund, Augen und Nase.

Wieder hatte sie das Gefühl einzuschlafen. Ihre Gedanken waren so nachgiebig und schwer fassbar wie in dem Moment, bevor man in Bewusstlosigkeit fällt. Schaudernd zwang sie sich, die Lider zu heben, so mühevoll war diese Bewegung für sie, und bemerkte ihr gegenüber einen jungen Mann mit brauner Haut und schwarzen Haaren, der auf der anderen Straßenseite saß und zufrieden vor sich hin lächelte. »Sicher ist er Inder«, dachte sie. Nicht bloß wegen seiner Hautfarbe, vor allem wegen seines Lächelns, ein indisches Lächeln. Zu seinen Füßen stand eine halb durchsichtige blaue Plastiktüte, die durch einen Doppelknoten verschlossen war. »Der Typ ist glücklich«, sagte Cyrille zu sich selbst und eben als sie diese Bemerkung formulierte, hüpfte die blaue Tüte plötzlich in die Höhe. Cyrille riss die Augen auf und fragte sich, ob sie träumte. Wieder hüpfte die Tüte, diesmal einige Zentimeter nach links. Cyrille lehnte sich nach hinten, wie um zurückzuweichen, und machte einen Satz, als sie die Rückenlehne der Bank berührte.

Der junge Mann beugte sich vor, streichelte das Bündel, schaute zu Cyrille hinüber und schrie:

»Das ist ein Huhn.«

Cyrille runzelte die Augenbrauen, als hätte sie nicht verstanden.

»Das ist ein Huhn«, wiederholte der junge Mann, genau im selben Tonfall. Er hatte eine besondere, abgehackte Aussprache. Es kam Cyrille so vor, als würde er den Satz ablesen ohne seinen Sinn zu verstehen.

»Ein Huhn?«, fragte sie.

Der junge Mann nickte.

»Für meine Mutter«, sagte er und legte dabei den Kopf leicht schief.

Wieder nickte er mehrmals und hatte immer noch sein indisches Lächeln auf den Lippen.

»Sie mag lebendige Tiere«, fügte er noch lauter schreiend hinzu, weil er befürchtete, dass seine Stimme durch das Motorengeräusch eines Autos, das an der Straßenecke losfuhr, übertönt würde.

Cyrille lächelte und kniff die Augen zusammen.

»Zum Essen«, sagte der junge Mann.

»Schmeckt es gut?«

»Es ist eben Hühnchen.«

Cyrille öffnete leicht den Mund, als wollte sie ein stummes ›ach so‹ herauslassen.

»Ich töte es nicht«, sagte der junge Mann und schüttelte mit kindlichem Gesichtsausdruck den Kopf.

»Wer denn dann?«

Er schnitt eine Grimasse. Er verstand sie nicht.

»Wer tötet es?«

»Meine Mutter«, antwortete er achselzuckend, als verstünde sich das von selbst.

Cyrille und der junge Mann sahen sich lächelnd an.

Trotz der steilen Sonnenstrahlen, die durch die Fensterscheiben und die Glastür hereindrangen, brannten alle Lichter – Kugelleuchten, Lüster und Spots. Cyrille ging zum Buffet, nahm sich ein Glas Champagner und versuchte dabei, die Namen der vielen Leute, die man ihr vorgestellt hatte, zu rekapitulieren. Sie trank das Glas in einem Zug aus. Als sie es wieder abstellte, erinnerte sie sich nur noch an Bernadette. Bernadette war die Frau im rosa Kleid, die neben Madame Siméon stand. War sie ihre Schwägerin oder angeheiratete Cousine? Cyrille wusste es nicht mehr.

»Daniel war während des ganzen Studiums mit meinem Sohn zusammen«, sagte ihr ein kleiner rundlicher Mann und schaute über den Rand seiner Brille hinweg zu ihr auf.

Cyrille nickte.

»Jérémie ist ein guter Junge, wissen Sie. Es wurde viel geredet, aber trotzdem, seine Mutter! Was für eine Frau! Ich werde es mein ganzes Leben lang bereuen. Man muss aber auch sagen, dass die Zeiten damals eben so waren, der Rückzug aufs Land, die Sekten, damals wusste man nicht mehr, wo einem der Kopf stand.«

Cyrille presste die Lippen zusammen, sah verständnisvoll drein und fragte sich, was die kleine blaue Rosette am Revers des Jacketts ihres Gesprächspartners bedeuten mochte.

»Ein kolossales Vermögen«, fuhr er fort. »Man kann sich kaum eine Vorstellung davon machen. Millionen. Ich sollte wohl eher sagen Billionen. Verstehen Sie, was ich meine? Sie haben ja schon als kleines Mädchen sorgfältig Ihre Groschen gezählt.«

Der Mann war entweder verrückt, schon jetzt betrunken oder er verwechselte Cyrille mit jemand anderem. Sie brachte es nicht fertig, ihm zu sagen, dass sie kein Wort von dem, was er sagte, verstand, und nickte weiter zustimmend. Er lächelte sie an.

»Tanzen Sie?«

»Wie bitte?«

»Möchten Sie tanzen?«

Cyrille warf einen Blick auf die verlassene Tanzfläche, die mit vielfarbigen Lichtstreifen übersät war.

»Ein Profiorchester, das muss man ausnützen«, sagte der Mann und wies mit einer leichten Kopfbewegung auf die Sängerin, die mit aufgerissenen Augen und nach oben gekehrten Handflächen erstaunlich inbrünstig einen zehn Jahre alten Schlager sang.

Cyrille zögerte einen Augenblick. Sie konnte doch nicht gut mit einem Kerl tanzen, der einsfünfzig groß war, von Billionen sprach und ihr einreden wollte, sie habe schon auf seinem Schoß gesessen.

»Sie sind ein solides Mädchen«, stellte er fest und prustete los, als hätte er die geistreichste Bemerkung der Welt gemacht. »Sie warten brav, bis die Braut den Ball eröffnet? So eine Schönheit, was? Finden Sie nicht auch? Die Frauen sind nicht nett zueinander. Aber daran gibt es nichts zu rütteln, sie ist richtig gut gewachsen. Als ich noch jung war, war ich wie Sie.«

Einen Moment lang versuchte Cyrille zu ergründen, was der letzte Satz wohl bedeuten sollte. Sie schloss sekundenlang die Lider in der Hoffnung, dass sie den Mann mit der blauen Rosette mit einem Augenzwinkern zum Verschwinden bringen konnte. Eigentlich meinte sie ihre Augen schon wieder geöffnet zu haben, da spürte sie plötzlich, wie sie nach hinten kippte. Der Fall kam ihr sehr lang vor und auf einmal saß sie auf dem Stuhl, der hinter ihr stand. Das Gewicht ihres Kopfes, der an ihrem Hals hing, weckte sie schlagartig auf. Sie presste ihre Arme der Länge nach an den Körper, als wollte sie strammstehen, und sah, dass der kleine Mann den Kopf schüttelte und sie angewidert ansah. Er hatte begriffen, dass sie nicht die Frau war, für die er sie gehalten hatte. Ein kleines Mädchen, das sorgfältig seine Groschen zählte, wäre niemals so mir nichts, dir nichts mitten in einer Hochzeitsfeier zusammengebrochen.

Cyrille massierte sich die Schläfen und rieb sich eine Minute lang heftig den Kopf. Dann versuchte sie sich das Ergebnis vorzustellen; während der Aktion hatte sie gegähnt, bestimmt war ihr Make-up verschmiert und unter ihren Augen hatten sich kleine schwarze Klümpchen gebildet. Die Haare standen mit Sicherheit unordentlich vom Kopf ab, als undeutliche verwuschelte Masse um ihr gelbgrünes Gesicht. Sie stellte sich vor, dass sie so aussah, als wenn sie gerade aufgestanden war und zum ersten Mal am Tag ihren Kopf im Badezimmerspiegel sah, mit schwarzen, verdrehten Haaren, wie ein schlecht gestrickter Hut, glänzender, fettiger Haut, geschwollenen Lippen mit weißen Schaumspuren von der nächtlichen Spucke und Augen, die noch leer von Bildern waren. Sie seufzte.

»Sie sind ja bildschön«, sagte Madame Siméon und setzte sich neben sie.

Cyrille richte sich in ihrem Sessel wieder auf und versuchte zu lächeln, aber ihr Gesicht fühlte sich taub an, wie nach einer Narkose.

»Sehen Sie nur«, sprach Madame Siméon weiter und nahm ihre Hand. »Wie schön eine Braut sein kann. Es gibt doch nichts Schöneres auf der Welt.«

Mascha stand alleine mitten auf der Tanzfläche. Sie streckte die Arme nach ihrem Vater aus, der sofort auf sie zuging und ihre Hand nahm. Die Gäste stellten ihre Gespräche ein. Cyrille sah sich nach ihrer Mutter um und bemerkte sie links neben dem Orchester, das Gesicht verdeckt von einer Champagnerschale, die sie hartnäckig vor ihre Lippen hielt. Über dem kristallenen Rund des Glases waren nur ihre Augen sichtbar. Gerne hätte Cyrille eine Träne dort abgelegt.

Die Musiker unterbrachen ihr Spiel und warteten auf die Anweisungen der Braut. Mascha sagte etwas zu ihnen, das niemand sonst verstand, sie nickten nacheinander und stimmten einen Wiener Walzer an. Für einen Augenblick blieb das Tanzpaar reglos stehen, sei es, dass sie den Takt zählten oder feststellten, wie viel Schwung für die Drehung nötig war. Sobald sich ihre Füße in Bewegung setzten, begannen die Gäste rund um die Tanzfläche unregelmäßig zu klatschen.

Wie alle anderen musste auch Cyrille ihren Kopf von links nach rechts wiegen, als sie ihrer Schwester und ihrem Vater zusah, die in großen, schnellen und geschmeidigen Achten über den Boden fegten. Monsieur Grossmanns Rücken tauchte auf und verschwand wieder. Es kam ihr so vor, als würde dieser Rücken zu ihr sprechen und sich nur aus eigenem Antrieb drehen, wie bei einem Duell. Dieser Rücken teilte ihr vieles mit: Drück ab, wenn du ein Mann bist, bewahre deine Würde und schweige, bewundere, was ich ertragen habe, du bist jetzt ein großes Mädchen, ich bin dein Vater, aber auch ein Mann. Sie hob sacht die Hand, als hätte sie ihn berühren können. Auf mehrere Meter Entfernung strich sie einmal über den Rücken ihres Vaters. Sie sah ihn zum ersten Mal tanzen.

Daniel nahm Cyrilles Hand, die sie ihm hingestreckt hatte, ohne sich dessen bewusst zu werden.

»Meine Schwester, meine kleine Schwester«, hauchte er ihr ins Ohr, als er sie herumdrehte.

Bald war die Tanzfläche voll. Das Gelächter der Tänzer übertönte die Melodie, und man hörte nur noch den holprigen Dreivierteltakt des Walzers. Cyrille schmiegte sich an Daniel, ließ sich mit halb geschlossenen Augen mittragen und streifte dabei taftbedeckte Hintern und die Schultern schwarzer Jacketts.

»Partnerwechsel«, hörte Cyrille und fand sich in den Armen ihres Vaters wieder.

»Wie stolz und glücklich bin ich, dass meine Töchter so gut tanzen können!«, rief er mit einer Stimme, die Cyrille bei ihm noch nie gehört hatte.

Seine Hände waren warm, trocken und sicher, Tänzerhände, die zu den Beinen ihrer Partnerin sprachen.

Cyrille fragte sich, ob ihr Vater wohl gerührt war. Sie legte den Kopf auf seine Schulter und begegnete, als sie am Orchester vorbeitanzten, dem Blick ihrer Mutter. Madame Grossmann hatte ihr Glas abgestellt, die Hand auf den Mund gelegt und sah mit zugleich verlegen und unschuldig lächelnden Augen den Ihren beim Tanzen zu.

Ein bisschen frische Luft wird mir sicher gut tun, dachte Cyrille. Vor Alkohol, Schwindel und Müdigkeit schmerzte ihr Herz. Fünf Minuten Spaziergang und sie würde zurückkehren können. Madame Siméon hatte ihr von einer Polonaise erzählt, die sie unter keinen Umständen verpassen dürfe.

Als sie auf die Metro zuging, spürte sie, wie der laue Wind um ihre Beine schmeichelte. Sie ließ ihren Kopf nach hinten sinken um den blauen Himmel über sich zu betrachten. Die Luft war so weich, dass man meinte, man müsste sie schmecken können, wenn man den Mund öffnete. Sie fragte sich, warum in ihrer Erinnerung immer schönes Wetter war. Wenn sie bei ihren Eltern in den Schränken wühlte, fand sie manchmal einen Wollschal, den sie zwar sofort wieder erkannte, der aber nichts bei ihr auslöste. Sie wusste, dass sie ihn getragen hatte, als sie zwischen sechs und acht alt war, und dass sie ihn im Skikurs fast verloren hätte, und was weiter? Er erinnerte sie nur an präzise Ereignisse, Erinnerungen, die auch die eines jeden beliebigen anderen sein konnten. Stieß sie hingegen auf einen Badeanzug oder ein Trägerkleid, geschah genau das Gegenteil. Unverzüglich öffnete sich eine Tür in ihrem Kopf und Tausende von Eindrücken strömten herein, die zu schnell vorüberzogen, als dass sie sie hätte identifizieren können. Sie liebte diesen Zustand und war sich fast sicher, dass solches Wachträumen das Schönste war, was das Leben zu bieten hatte.

Plötzlich kam es ihr so vor, als wäre ihre Kindheit für immer verloren. Bis zu ihrem Tod würde das, was sie gewesen war, in einer unbeweglichen Hütte eingeschlossen bleiben, die sie nicht mehr bewohnen konnte. Bis zu diesem Tag war die Zeit ihr nie wie ein Pfeil erschienen, der in die Zukunft gerichtet ist. Genau gesagt existierte die Zeit für sie nicht. Es gab nur das Sein – vorher, nachher, gleichzeitig –, wie ein verwickeltes, in sich geschlossenes Knäuel, dessen Anfang oder

Ende man nicht ergreifen konnte. Als Cyrille ihren Schritt beschleunigte, um einem Auto auszuweichen, wurde ihr klar, dass sie an den Tod dachte.

Wie eine schwarze Linie zeichnete dieser Gedanke die Konturen ihres Körpers nach. Es wunderte sie, dass er sie nicht traurig stimmte. Einen Augenblick blieb sie vor dem Metro-Eingang stehen und versuchte den Gedanken festzuhalten, weil sie ihn für flüchtig hielt. Aber sie brauchte sich weder zu konzentrieren noch zu beeilen, die Vorstellung des Todes blieb fest und so einfach, dass man keinerlei Intelligenz einsetzen musste um sie zu ergreifen. Sie nahm ihr Portemonnaie aus der Handtasche. Es glitt ihr aus den Händen und fiel auf den Bürgersteig. Als sie sich bückte um es aufzuheben, bekam sie Lust sich lang auf den Boden zu legen. Einen Moment verharrte sie in dieser etwas lächerlichen Position und sah sich die Beine der Passanten an. Alle Sorten von Schuhen gingen nach vorne, wichen zurück, blieben stehen, wie Schiffe, die sich nach dem Willen der Wellen hoben und deren Maste unter Röcken und Hosen aus leichtem Stoff verschwanden. Sie stand auf, ihr wurde kurz schwindelig und sie bemerkte über die Straße ein altes Ehepaar. Ihre Eltern fielen ihr ein. Sie dachte, wie unglaublich es war, dass ausgerechnet dieser Mann und diese Frau mehr als dreißig Jahre ihres Lebens miteinander verbracht hatten. Sie waren so verschieden. Auch sie waren einmal Kinder gewesen und zweifellos hatten auch sie, wie sie selbst, an einem Tag, ebenso klar und mild wie dieser, gespürt, dass es für sie keine Hoffnung mehr gab unterwegs anhalten zu können, und dass sie dem Strom der Zeit, der sie zum Tod mitnahm, nicht widerstehen konnten. Heute waren sie fast sechzig Jahre alt und hatten nichts dafür getan, sie hatten nicht nach ihren Falten, ihrem Muskelkater und dem gelben, zähen Fett des Alters verlangt. Wie alle anderen hatten sie nichts weiter getan als da zu sein.

In einigen Jahren würde auch Cyrille sich ihrem Ende näher fühlen als ihrem Anfang. Es war besser darauf gefasst zu sein und sich vorzubereiten. Sie schloss die Augen um den Pakt zu unterzeichnen, den sie soeben mit sich selbst geschlossen hatte. *Unterm Pont Mirabeau fließt die Seine,* rezitierte sie mit einem ihr unbekannten Gefühl der Gelassenheit. Man musste sich nur, ohne gegen die Strömung anzukämpfen, von einer Brücke zur anderen treiben lassen und den Kopf dabei gerade weit genug aus dem Wasser halten um den Wechsel der Landschaft bewundern zu können.

Agnès Desarthe

Ein Geheimnis ohne Belang

Roman

Aus dem Französischen von Christiane Seiler

Band 14201

Im winterlichen Paris unserer Tage kreuzen sich die Lebenswege von sechs Menschen. Sie alle sind jüdischer Herkunft. Da ist die junge Violette, die der Soldatentod ihres Mannes und der Tod der Mutter in tiefe Verzweiflung gestürzt haben. Ihr Nachbar Emile Hortchak, Mitfünfziger und angesehener Sprachwissenschaftler, gehört zu den wenigen Menschen, denen sie zu ihrem Haus und Leben Zutritt gewährt. Aber da sind auch Gabriel Schwartz, der glaubt seinen Vater in Emile zu erkennen, und Hortchaks Jugendfreund Dan, der das Siechtum seiner krebskranken Ehefrau Sonja erlebt. Und schließlich gibt es da noch die Amerikanerin Harriet, Hortchaks Sekretärin, deren Leidenschaft Gabriel Schwartz aus seinem streng geregelten Alltag entführt. In einer Nacht, auf einem Fest, treffen all diese Figuren wie zufällig zusammen – ihre Lebenslinien kreuzen sich, verbinden sich oder laufen nach langen Jahren der Verflechtung für immer auseinander.

Fischer Taschenbuch Verlag

fi 1618 / 5

Colette

Chéri

Roman

Aus dem Französischen von Roseli und Saskia Bontjes van Beck

Band 14216

Eine klassische Konstellation: Ein junger Mann muß sich entscheiden – zwischen der erfahrenen Geliebten und der jungen Ehefrau. Wunderbar direkt erzählt Colette von der Liebesverstrickung eines Paares und den Empfindungen einer reifen Frau, die sich auf einmal dem ersten großen Schmerz ihres Lebens ausgeliefert sieht: der Trennung von jenem »schönen Dämon«, der für sie zum Abschied von der Jugend und verführerischen Ausstrahlung ihrer Weiblichkeit wird.

»Chéri war die Addition aller Fehler, die – bei einem jungen Mann – eine reife Frau verführen konnten.«
Colette

Fischer Taschenbuch Verlag

fi 645 / 11

Colette

Chéris Ende

Roman

Aus dem Französischen von Roseli und Saskia Bontjes van Beck

Band 14319

Nach dem Ersten Weltkrieg wird die Gesellschaft der Belle Epoque von tiefgreifenden Veränderungen erfaßt. Alles ist sachlicher, nüchterner geworden und vor allem die Frauen haben sich verändert, erweisen sich als stark und wandlungsfähig. Die alternde Geliebte hat die Freuden des Alleinseins entdeckt, die junge Frau hat sich in ihrer Ehe emanzipiert und geht erfolgreich ihren eigenen Weg. Nur Chéri, diese Figur des Fin de siècle, findet keinen rechten Platz mehr in der neuen Zeit. Besiegt von der Krankheit Leben, jagt er sich – nachdem auch exzessiver Genuß als kuratives Mittel versagt – am Ende mit nonchalanter Geste eine Kugel durch den Kopf.

Fischer Taschenbuch Verlag

fi 536 / 8

Colette

La Vagabonde

Roman

Aus dem Französischen von Grit Zoller

Band 14320

La Vagabonde ist der Roman einer unabhängigen, modernen Frau, die nach einer enttäuschenden Ehe zurückkehrt in die bunte glitzernde Welt des Varietés und der kleinen Bars am Montmatre. Als Tänzerin und Schauspielerin möchte die junge Renée Néré im Paris der Jahrhundertwende frei und ungezwungen leben. Ihre Selbstbestätigung sucht sie im Spiel auf der Bühne, ihre innere Ruhe in den Refugien einer einsamen Frau – der Wohnung für sich allein, dem engen Freundeskreis und unter den Kollegen vom Varieté. Doch sie fühlt – obwohl mißtrauisch gegenüber jeder männlichen Gunstbezeugung – die Versuchungen der Liebe als eine beständige Irritation der einmal gewählten Freiheit.

Fischer Taschenbuch Verlag

fi 515 / 7

Herbert Lottman

Colette

Eine Biographie

Aus dem Französischen von Roseli und Saskia Bontjes van Beck

Band 14684

Marcel Proust nannte Colette, »das menschliche Herz der modernen französischen Literatur«, André Gide ein Genie, und als sie 1954 starb, erhielt sie als erste Schriftstellerin ein Staatsbegräbnis. Geboren wurde Gabrielle-Sidonie Colette 1873 in dem kleinen Ort Saint-Sauveur-en-Puisaye in Burgund als Tochter eines begüterten pensionierten Offiziers mit literarischen und politischen Ambitionen und einer schönen, freigeistigen Mutter karibischer Herkunft. Mit ihrem ersten Ehemann Henry Gauthier-Villars, dem berühmten Kritiker und Lebemann, geht sie nach Paris, wo sie nach ersten literarischen Versuchen als Tänzerin und Schauspielerin zum skandalumwitterten Liebling der Gesellschaft des fin de siècle wird. In zweiter Ehe mit dem Publizisten Henri de Jouvenal, findet sie zur Literatur zurück. Nach ihren ›Claudine‹-Romanen wird sie mit der Veröffentlichung von ›Chérie‹, ›Mitsou‹ und ›Gigi‹ weltberühmt.

Fischer Taschenbuch Verlag

fi 1566 / 7

William Maxwell

Zeit der Nähe

Roman

Aus dem Amerikanischen von Helmut Mauró

Band 11390

Mit großer Einfühlsamkeit und einer ganz eigenen sanften Poesie erzählt Maxwell »die Geschichte von der Unruhe und dem frühen Leid der Jugend«, von ihren schmerzlichen Anfechtungen und den traurigen Einsichten, die das Erwachsenwerden mit sich bringt. Spud ist neu in der Klasse und wird von den anderen noch nicht anerkannt. Bis er während eines Wasserpolospiels den intellektuellen Außenseiter Lymie vor dem Ertrinken rettet. Es ist der Beginn einer schicksalhaften und zärtlichen Freundschaft. Spud, der durchtrainierte Sportler, bestreitet die Raufereien; Lymie löst derweil die Hausaufgaben. Gemeinsam bestehen sie die verwirrenden Rituale der Pubertät und später die ersten schüchternen Liebesabenteuer. Bis eines Tages Sally ins Spiel kommt, die hübsche Tochter eines Professors, und zu einer gefährlichen Bedrohung nicht nur ihrer Freundschaft wird.

William Maxwell

Mit der Zeit wird es dunkler

Roman

Aus dem Amerikanischen von Matthias Müller

Band 11486

Mit der Ankunft der Potters aus Mississippi, die Anwalt Austin King und seine Frau Martha in Draperville besuchen, kommt Bewegung in die ruhige Szenerie einer amerikanischen Kleinstadtidylle vor dem Ersten Weltkrieg. Unmerklich öffnet sich ein Spalt, durch den der Leser in eine versunkene Welt schaut, deren Wertvorstellungen ebenso verschwunden sind wie die Pferdedroschken und die Wägelchen der Eiscremeverkäufer. Doch die Gefühle, von denen Maxwell so meisterhaft zu erzählen weiß, haben überdauert. Nur verhalten, in Gesten und Blicken, offenbaren die Menschen ihre Empfindungen. Und allmählich zeigen sich Sprünge und Risse in den Portraits der Personen. Hinter dem hellen Spiegel ihrer harmonischen Welt tauchen Verzweiflung und Melancholie auf.